KB074875

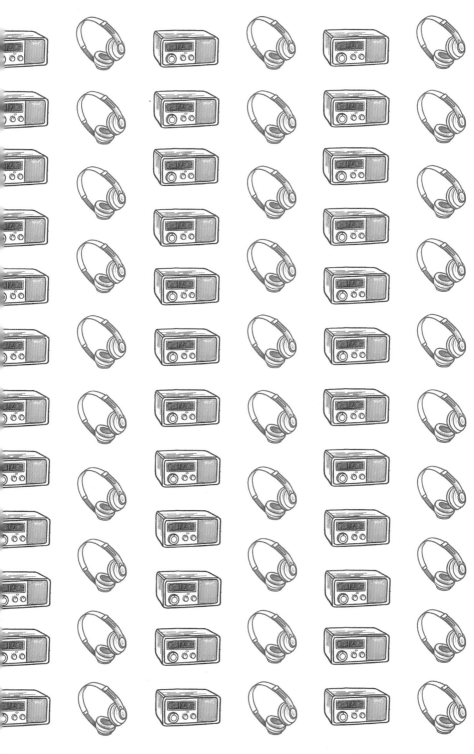

오

늘

의

표

정

'오늘의 표정'으로 시작하는 하루

여러분은 아침에 일어나 제일 먼저 하는 '자신만의 루틴'이 있으신가요? 물 한 잔을 마신다든지, 창문을 열고 신선한 공기를 폐 한가득 밀어 넣는다든지, 눈은 떴지만 몸은 아직 침대와 한몸이 되어 스마트 폰 속 세상과 먼저 인사한다든지…….

매일 아침 제 첫 일과는 '오늘의 표정' 주제를 선정하는 일입니다. 그날그날 보도된 가장 안타까운 사건, 감동적인 사연, 때로는 그날의 상황이나 분위기에 어울리는 책이나 영화 이야기로 정합니다. 종종 과거의 오늘 일어났던 역사적인 사건에서 지금 상황에 걸맞은 교훈이나 시사점을 찾기도 하죠.

어렵게 주제를 선정하고 나면, 즐거운 시간이 이어집니다. 저녁에 청취자들이 들으실 이야기, 제 마음속의 소리를 글로 옮기는 시간은 마치 연애편지를 쓸 때처럼 두근거립니다. 라디오 DJ가 꿈이었던 저에겐 글에 어울리는 음악을 선정하는 일도 무척 신나는 일이죠. '오늘의 노래'와 함께 '오늘의 표정' 원고를 제작진에게 전송합니다.

매일 저녁 7시 10분 《뉴스하이킥》 3부의 시작과 함께 '오늘의 표정'을 낭독합니다. 원고를 보내고 낭독하기까지의 시간은 마치 종이에 펜으로 꾹꾹 눌러 담아 쓴 편지를 보내고 며칠간 답장을 기다리는 것 같은 설렘으로 채워집니다. 청취자들이 얼마나 공감하실지, 문자나 댓글로 어떤 사연과 느낌, 의견 또는 비판을 보내주실지 기다립니다. 《뉴스하이킥》을 맡은 후 제 일상은 이렇게 기다림과 설렘의 연속입니다.

그렇게 지난 7개월간 차곡차곡 쌓인 '오늘의 표정'을 다시 다듬고 추려서 책으로 엮었습니다.

이 세상은 우리 한 사람 한 사람의 삶이 합쳐진 것이죠. 우리 인생은 매일 매일의 일상이 모인 결과이고요. 지금 이 시대를 함께 살아간다는 깊고 끈끈한 인연으로 얽힌 우리. 우리의 하루하루에 영향을 주는 사건과 사연, 생각과 감정 그리고 노래를 함께해 주시면 좋겠습니다.

'오늘의 표정'으로 여러분 일상의 일부가 되고 싶습니다.

2021년 7월
표창원

2020.8.17.

두 개의 얼굴이 보입니다.

한쪽은 활짝 웃고 있는 전광훈 목사의 얼굴, 다른 쪽은 절망과 분노에 휩싸인 우리 이웃, 평범한 시민의 얼굴입니다.

오랜 고통과 인내 끝에 겨우 찾아온 휴가철 영업의 기대가 무너진 자영업자, 폭우로 가족과 집, 일터와 재산을 잃은 참담함에 고통이 더해진 이재민들, 2학기 등교 꿈에 부풀다 실망한 학생과 학부모, 신원정보 등록과 체온 점검도 마다치 않고 경기장을 찾으려던 스포츠 팬들, 휴일, 휴가도 반납한 채 코로나와 사투를 벌여온 의료진과 방역 담당자들······.

또 하나의 얼굴은 잘 보이지 않습니다.

재범 우려가 크고, 코로나 19 상황이 엄중한데도 불구하고, 전광훈 목사를 보석으로 풀어주고 광화문 집회를 허가한 판사님들의 표정. 어떨까요?

환하게 웃고들 계실까요? 아니면 절망과 분노의 표정일까요?

"그들은 세상의 관심을 갈망하는 유치한 맹나니들일 뿐이다.
정상적인 방법으로는 끌 수 없는 관심을, 폭력과 무질서를 이용해서 얻고자 한다······"

《미션 임파서블 6 폴 아웃》의 대사를 조금 의역했습니다. 우리 평범한 시민들의 얼굴에 하루빨리 환한 미소가 피어오르길 기원하는 오늘의 표정이었습니다.

《미션 임파서블 6》 OST 중에서 〈Mission Accomplished〉 함께 들으시겠습니다.

2020.08.20.

아홉 살 아이가 동네에서 놀다가 3만 원을 잃어버렸습니다.
오랜만에 만난 할머니가 주신 용돈.
분명히 주머니 속에 잘 넣어두었는데
대체 어디서 흘린 걸까요.

하루가 채 지나지 않아서 그 3만 원이 모두 돌아왔습니다.
동네 한 초등학생이 놀이터에서 2만 원, 또 엘리베이터를 기다리
던 어느 아주머니가 1만 원을 주워 경비실에 맡긴 겁니다.
돈을 되찾은 아이는 엘리베이터에 편지를 써 붙였습니다.
"제 용돈을 찾아주셔서 감사합니다."
어제, 부산 해운대의 한 아파트에서 있었던 일입니다.
용돈 3만 원으로 아이는 이제 무얼 할까요? 괜히 궁금해집니다.

만원 지폐 속 세종대왕님의 미소가 지어지는 오늘의 표정이었습
니다.

오늘 제가 고른 노래는 영화 《러브 액츄얼리》 주제곡이기도 하죠,
Wet Wet Wet이 부른 〈Love is all around〉 입니다.

2020.8.21.

어제 코로나 여파로 관중 없이 열린 프로야구 부산 사직구장 경기. 원정팀 베어스 선발 이영하 투수가 5회 말 대량실점하며 팀을 패배로 내몰았습니다. 경기가 끝난 후 패장 김태형 감독이 이영하 투수에게 다가갑니다. 얼마나 화를 내고 혼을 내려는 것일까요?

하지만 감독은 투수의 어깨를 두드리며 "그러면서 크는 거야, 공은 좋아. 문제없어. 조금만 더 능글능글해 지면 돼"라며 격려를 해 주었습니다.

잘할 때, 승리할 때 박수치고 칭찬해주며, 결과가 좋지 않을 때, 탓하고 야단치는 것은 누구나 할 수 있습니다. 하지만 실수하거나 잘못 했을 때, 손 내밀고, 격려하고 희망을 말해 주는 것은 절대 쉽지 않은 일입니다.

저도 제 아이들에게 그런 아빠가 될 수 있도록, 더 많은 노력을 하고 더 성숙해지고 더 지혜로워지겠다는 다짐을 해 보는 오늘의 표정이었습니다.

오늘 제가 고른 노래는 이적이 부르는 〈같이 걸을까〉입니다.

2020.8.24.

아너 소사이어티 Honor Society.
우리 세상, 혹은 도움이 필요한 이웃을 위해서 일정 기준 이상의
큰돈을 기부한 고액기부자들을 일컫는 말이죠.

오늘, 사랑의 열매 아너 소사이어티 제2,384호 회원으로 등재된
사람은 스물세 살의 대학생 조은결 씨. 하지만 은결 씨는 지난달
불의의 교통사고로 세상을 떠난 분입니다. 고인의 아버지가 딸의
이름으로 1억 원을 기부한 것이죠.

평소 이웃들을 먼저 생각하고 배려하던 딸을 기리기 위해 기부를
결심했다는 가족의 마음이 느껴져 가슴이 따뜻해집니다. 은결 씨
와 가족이 세상에 뿌려준 사랑만큼 장마 피해와 코로나 19에 지
친 우리 사회에도 희망의 기운이 더해질 겁니다.

오늘의 표정이었습니다.

오늘 제가 고른 노래는 이승환의 〈세상에 뿌려진 사랑만큼〉입니다.

2020.8.25.

6살 어린이가 구토한 뒤 쓰러졌습니다. 병원으로 옮겼으나 숨지고만 이 아이는 온몸에 멍이 들어 있었습니다. 경찰은 함께 살던 외삼촌을 의심해서 긴급체포했지만 증거 불충분으로 석방했고, 불구속 상태에서 수사 중입니다.

무슨 사연인지 엄마가 아이를 외갓집에 맡겼고, 외할아버지는 다시 자녀가 둘인 외삼촌한테 이 어린이를 보냈다고 합니다.

어른답지 못한 어른들 때문에 어린 생명이 너무 일찍 세상을 떠나고 있습니다. 아픔과 슬픔, 그리고 '왜'라는 질문만 떠안은 채…….

부모라는 존재는, 아기가 성인이 될 때까지 꼭 필요한 보호와 영양, 애정과 관심을 주는, 세상에서 가장 소중하고 가치 있는 역할과 책임을 부여받은 사람들 아닙니까?

오늘의 표정이었습니다.

오늘 제가 선택한 노래는 존 레논의 〈Mother〉입니다.

2020.08.26.

"저는 여러분들의 휴대전화를 만들다 시력을 잃고 뇌 손상을 입었습니다. 우리는 일회용 컵처럼 사용되다가 버려졌습니다."
2017년 6월 유엔인권이사회 회의에 출석한 29세 김영신 씨의 말입니다.

스마트폰 부품을 만드는 공장에서 금속의 열기를 식히기 위해 마구 뿌려댄 메탄올이 문제였습니다. 장기간 반복 노출되면 중추신경계와 시신경에 치명적인 손상을 일으키는 무서운 독극물인 메탄올. 그 위험도 모른 채, 아무 보호 장비 없이 열심히 일했던 7명의 청년 파견노동자들이 최근 5년 사이에 눈을 잃었습니다.

효과는 똑같지만 아무 해가 없는 에탄올도 있습니다. 하지만 비용이 두 배. 사업주들은 돈을 아끼기 위해 사람들을 희생했습니다. 마치 일회용 컵을 쓰다가 버리는 것처럼.

오랜 법정 다툼 끝에 최근 법원이 이들이 시력을 잃게 된 건 백 퍼센트 사업주 탓이라는 판결을 내렸습니다. 하지만 승소의 기쁨도 잠시, 피해 노동자들이 일부러 메탄올을 마시거나 몸에 뿌린 게 아니냐며 배상액을 조금이라도 깎아보려던 사업주들의 주장이 더 심하게 피해자들의 마음을 할퀴었습니다.

세상이 아무리 험하고 천박해졌다고 하지만, 사람을 일회용 컵처럼 쓰고 버려서는 안 되는 것 아닌가요?

오늘의 표정이었습니다.

오늘 제가 고른 곡은 안치환의 〈사람이 꽃보다 아름다워〉입니다.

2020.8.27.

아름다운 유선형 몸과 동그란 눈,
미소 짓는 듯한 도톰한 입술,
빠르게 물살을 가르다가 하늘 높이 솟아오르는 점프…….
어린이들의 영원한 친구인 돌고래죠.

해양 동물 중에서는 매우 드물게 사람과 교감하고 사람을 좋아하
는 돌고래는 과학계의 오랜 연구대상이기도 합니다. 2000년대부
터 돌고래가 높은 지능은 물론, 감성과 지성까지 갖추고 있어서
'인격체'로 봐야 한다는 연구결과가 많이 나왔고, 칠레, 코스타리
카, 헝가리, 인도 등의 나라에서는 이미 공식적으로 돌고래를 '비
인간 인격체'로 선언하기도 했습니다.

그래서 어제 영국 BBC가 보도한 모리셔스 해안 돌고래 17마리
집단 변사사건은 더욱 가슴 아픕니다. 부검 결과 돌고래들의 입속
에는 검은 기름이 가득 들어 있었습니다.

인도양에 있는 섬나라 모리셔스, 최고의 신혼 여행지로 꼽힐 정도
로 아름다운 곳이죠. 게다가 대륙으로부터 멀리 떨어져 있어서 멸
종 위기 희귀 동식물이 많은 환경의 보고, 특히 야생 돌고래의 고
향입니다. 그런데 한 달 전 일본 화물선 와카시오 호가 이해하지
못할 해안 접근을 하다가 암초에 걸려 좌초하면서 수천 톤의 기

름이 바다로 쏟아지는 참사가 벌어졌죠. 엄청난 기름을 담고 있는 선체를 수장시킨 곳이 하필 돌고래 집단서식지.

스스로 만물의 영장이라고 부르며 지구의 주인인 듯 행세하는 우리 인간의 오만과 무지, 극단적으로 이기적이고 파괴적인 모습을 돌아보고 반성할 때인 듯합니다.

오늘의 표정이었습니다.

오늘은 바비킴의 〈고래의 꿈〉 함께 듣겠습니다.

2020.8.28.

오늘은 전 세계 야구팬이 주목하는 꿈의 무대에 한국인 투수 2명이 연이어 선발 등판하기로 했던 날, 메이저리그 코리언데이였습니다. 오늘을 기다린 분들이 많았습니다. 야구를 아주 좋아하지 않아도, 코로나 19, 장마, 태풍, 정쟁과 사회적 갈등에 지친 분들에게 작은 위안거리이기도 하죠.

세인트루이스의 김광현 선수는 새벽잠을 포기한 국민의 기대에 부응하듯 멋진 투구를 선보였습니다. 하지만 토론토의 류현진 선수의 모습은 볼 수 없었습니다. 최근 있었던 미국 경찰의 인종차별 총격 사건에 항의하는 의미로 상대 팀 보스턴이 보이콧을 선언했고 토론토도 함께하기로 했기 때문이죠.

이미 프로농구 NBA, 미식축구 NFL도 인종차별 반대 무릎 꿇기 퍼포먼스와 경기 보이콧 등을 했고, 다른 야구 구단들도 경기 보이콧을 했습니다. 전 세계 축구 거버넌스 기구인 FIFA와 각국 축구협회는 폭력과 차별 반대 운동을 펼쳐오고 있습니다.

냉혹한 승부의 세계인 프로스포츠, 하지만 단 한 명의 소수 인종을 위해 모든 선수가 자신의 이익을 포기하고 팬들은 아쉬움을 감추며 박수로 그 결정을 응원해 주는 따뜻함과 용기가 있어서 아름답기까지 합니다. 스포츠는 건강이나 오락을 뛰어넘는, 문화의 중요한 한 부분이며 '인간성'과 '인류애'의 상징 중 하나이니까요.

오늘의 표정이었습니다.

오늘 제가 선택한 곡은 보스턴 레드삭스 응원가이기도 하죠, 닐
다이아몬드의 〈Sweet Caroline〉입니다.

2020.9.2.

평생 구두수선을 해서 모은 전 재산, 7억 원 가치의 땅을 코로나 사태로 힘든 분들을 위해 써 달라며 기부한 김병록 씨. 지난 23년 간 두 자녀와 함께 요양원 이발 봉사를 해 온 그의 한 마디가 계속 뇌리에 남습니다.

"자식들에게는 봉사 정신을 유산으로 남겨줍니다."

어릴 때 버리고 떠난 자식이 고통 속에 세상을 떠나자 그 유산을 상속받기 위해 나타난 부모들, 무리하게 자식에게 교회와 소속 재산을 물려주려다 물의를 빚는 대형교회 목사들, 조금이라도 더 차지하려고 볼썽사나운 다툼을 벌이는 재벌가 자녀들……. 인류은 저버리고 욕심만 가득한 사람들이 '진정한 유산'이 무엇인지에 대해 김병록 씨에게 배웠으면 좋겠습니다. 김병록 씨처럼 성실하고 따뜻하고 정의로운 시민들이 있어서 세상은 아직 살만한 것 같습니다.

오늘의 표정이었습니다.

오늘 제가 선택한 곡은 루이 암스트롱, 〈What a wonderful world〉 입니다.

2020.09.03.

미국은 의료비용이 많이 들기로 악명이 높습니다. 민간 의료보험에 가입한 사람이라도 코로나 19에 감염되면 400만 원 정도의 치료비를 부담해야 합니다. 비싼 치료비 때문에 코로나 19 검사를 피하는 현상이 코로나 19를 더 빠르게 확산시킨다는 지적이 있습니다. 외국인 등 의료보험 미가입자는 상상을 초월하는 비용을 내야 한다고 합니다. 대신 첨단 의료기술이나 장비 등이 발달했습니다.

반면에, 영국은 모든 의료비용이 무료인 국가 의료제도(NHS)를 운영 중입니다. 당연히 단점도 있고 국민의 불만도 높습니다. 병원에 가도 응급 상황이나 중증질환이 아니면 오래 기다려야 하고, 항생제나 진통제 처방도 잘 안 해주고 참고 쉬고 견디라고 하기 때문입니다. 그래서 여유가 있는 10% 정도의 국민은 별도의 민간 의료보험에 가입하고 사설 병원을 찾아갑니다.

대한민국은 이번에 잘 드러난 것처럼 미국보다 훨씬 낮은 부담금으로, 영국보다 훨씬 친절하고 질 높은 의료서비스가 신속하게 제공됩니다. 이번 코로나 사태에 교민과 유학생은 물론 외국인들조차 한국으로 입국하기 위해 애를 쓴 것만 봐도 쉽게 알 수 있습니다.

그 이면에는 사실 의료진들의 희생이 있습니다. 성형 등 비보험 고가 진료로 큰 수익을 올리는 의사들도 물론 있지만, 비싼 등록금 내고 힘든 수련과정을 거친 뒤 비현실적으로 낮은 의료수가와 각종 규제, 그로 인한 낮은 처우 등에 한숨 쉬는 의사들이 많습니다.

빈부 격차와 불평등 문제가 심각한 우리 사회에서 의사라는 고소득 직종이라는 것만으로 비난과 조롱을 받는 아픔도 무시할 수 없습니다. 일부 반사회적 의사들의 범죄와 의료사고 은폐 및 무마 사건 역시 이런 아픔을 가중하죠.

국민에게 더 나은 의료서비스를 제공하고, 지역별 격차를 줄이기 위한 정부의 정책과 의사들의 축적된 헌신과 고통 사이, 갈등과 힘 대결이 아니라 상호 존중과 신뢰에 바탕을 둔 대화로 해결책을 찾았으면 좋겠습니다.

오늘의 표정이었습니다.

오늘 제가 선택한 곡은 MBC 드라마《하얀거탑》OST 중에서 바비킴이 부르는 〈소나무〉입니다.

2020.9.4.

7년 만에 학교 선생님들 얼굴에 미소가 피어올랐습니다. 정부가 2013년에 교사 6만 명이 가입한 전국교직원노동조합에 내린 법외노조 통보가 적합하지 않다는 판결이 내려졌고 오늘 법적 지위를 회복했기 때문입니다. 선생님들도 사람이고 노동자입니다. 무조건 봉사하고 헌신하라고 요구해서도 안 되고 정치와 권력의 입맛과 논리에 따라 부당한 규정과 조치로 탄압하거나 이용하는 일도 다시는 없어야 할 것입니다. 물론, 전교조 선생님들이 풀어야 할 숙제도 있습니다. 정치활동이나 이념 편향에 대한 우려와 비판은 무겁게 받아들여야 하겠죠.

어릴 적 저는 말썽꾸러기였고 청소년기에는 반항심이 강했던 학생이었습니다. 선생님들이 관심과 사랑, 엄한 훈육으로 보살펴주지 않았다면 이렇게 잘 크지 못했을 것입니다. 제가 그랬듯이, 당당하고 자긍심 높은 선생님들과 함께 공부한 학생들이 분명히 더 행복하고, 더 바르게 잘 성장하리라는 것은 누구나 다 아는 상식 아니겠습니까? 오늘의 표정이었습니다.

오늘 제가 선택한 곡은 영화 《선생 김봉두》 OST 중에서 자전거 탄 풍경이 부르는 〈보물〉입니다.

2020.09.07.

화가의 꿈에 부풀었던 미대생 오영준 씨는 군 복무를 하면서 꿈이 바뀌었습니다. 공익을 위한 봉사, 아프고 힘든 이들을 위한 헌신의 길을 걷고 싶다는, 잠자고 있던 열망이 깨어난 것이죠. 어린 시절 책을 읽고 존경하게 된 나이팅게일, 그를 닮은 간호사가 되기로 했습니다. 하지만 낮은 처우와 힘든 업무에 남자 간호사를 바라보는 세상의 편견이 겹치면서 점점 더 지치고 힘들어져 갔다고 합니다.

그를 피로와 절망에서 지켜준 것은 포기했던 화가의 꿈이었습니다. 그는 병원과 의료진의 일상을 웹툰 형식으로 그려서 SNS에 올리기 시작했습니다. 이렇게 시작한 그의 그림은 코로나 19 사태를 맞아 인간의 한계를 넘어선 격무와 피로, 스트레스에 내몰린 의료진과 환자들을 위로하는 따뜻한 기적이 되어 세상에 감동을 주고 있습니다.

지난 2월, 대구 경북에서 코로나 19가 급속히 확산하고 의료진 부족 문제가 불거지자마자 자원해서 대구로 내려간 오영준 간호사, 폐쇄된 음압병실 안에서 창밖 의료진이 쉽게 알아볼 수 있게 거꾸로 글씨를 쓰고 그림을 곁들인 그의 메시지는 의료진과 환자들에게 잔잔한 감동의 치료약이 되었습니다.

'COVID-19 이겨내자 대한민국!' 이라는 글씨와 함께 두꺼운 방호복을 입은 의료진의 모습이 담긴 오영준 간호사, 아니 화가의 그림. 그 잔상이 오래 남습니다.

오늘의 표정이었습니다.

오늘 제가 선택한 노래는 박지윤의 〈하늘색 꿈〉입니다.

2020.09.08.

군산 서해대학 교직원들과 교수 전원이 합의해 교육부에 폐교신청을 했습니다. 비싼 등록금을 내고도 교육을 제대로 받지 못하는 228명의 재학생과 미래의 입학생들을 위해서 자기 직장을 없애 달라는 피눈물 담긴 결단입니다.

한때 4천 명의 학생과 높은 취업률을 자랑하던 서해대학의 몰락은 두 명의 학내 권력자가 저지른 비리 탓입니다. 2010년 학령인구 감소 등 환경변화에 대응한 변혁을 해야 할 시기에 당시 온정섭 총장은 금품을 받고 교수를 채용하다 징역형을 선고받았습니다. 대학 이미지는 추락했고 재정은 더욱 어려워졌습니다. 2014년, 어려운 대학을 살려달라고 영입한 이중학 이사장은 혼란을 틈타서 146억 원의 교비를 횡령하고 이를 은폐하기 위해 추가범죄를 저질렀습니다. 교육부 대변인까지 뇌물을 받았습니다.

공적인 자원이나 권한을 사적인 목적으로 함부로 사용하거나, 가장 큰 권한을 가진 자가 공과 사를 구분하지 못할 때 거의 예외 없이 그 단체나 사회, 국가는 멸망했습니다. 대한민국은 공사구분을 못 하고 나라를 망친 전직 권력자들의 이름을 역사에 깊이 새기고 자자손손 잊지 않도록 교육해야 합니다. 서해대학 교직원과 학생, 그리고 군산 시민은 온정섭과 이중학 두 범죄자의 이름을 잊지 않을 것입니다. 오늘의 표정이었습니다.

오늘 함께 들으실 곡은 MBC《무한도전》위대한 유산 앨범 수록
곡입니다. 유재석과 도끼(feat.이하이)의 〈처럼〉입니다.

2020.9.10.

조선을 침략한 청나라의 창칼과 말발굽에 무고한 생명이 살상당하고 국토가 유린당하던 병자호란 당시, 출중한 무예로 청나라 장수 용골대와 그 군대를 무찌르고, 호송되던 왕비까지 구한 박소저, 박 씨 부인. 숙종 때 발간된 것으로 알려진 작자 미상의 소설, 『박씨전』 이야기입니다.

중국에도 유사한 이야기가 있습니다. 북방 오랑캐의 침략을 받자 징집 명령을 받은 늙고 병든 아버지를 대신해서 남장하고 전장에 나간 화무란(花木蘭). 10년간 숱한 공을 세우고 고향에 돌아온 뒤에야 다시 여자의 모습을 찾은 화무란의 이야기는 디즈니 애니메이션《뮬란》으로 재탄생해서 전 세계인의 사랑을 받았습니다.

박소저와 화무란. 모두 성차별이 심하던 시대, 편견과 차별을 이겨내고 가족과 이웃 그리고 나라를 구한 영웅이라는 공통점을 갖습니다. 사회적 약자가 피해자 편에서 강한 악을 물리친다는 기본 설정 역시 유사합니다. 수백, 수천 년이 지난 지금까지 고개가 끄덕여지고 감동을 주는 이유죠.

그런데 이번에 개봉된 디즈니의 실사판《뮬란 2020》은 전 세계적으로 논란이 되고 있습니다. 논란의 가장 큰 이유는 이 영화를 신장 위구르 지역에서 촬영했고 중국 당국에 감사를 표했다는 사실 때문입니다. 신장 위구르는 중국이 소수 민족을 차별하고 탄압한다는 비판을 받아온 곳입니다. 게다가, 극 중 뮬란 역을 맡은 배우 류이페이의 친중 발언도 논란입니다. 지난해 '홍콩 시위를 진압하는 경찰을 지지한다. 홍콩이 부끄럽다'라는 발언을 했던 사실이 회자된 것입니다. 그리고 무엇보다 큰 아이러니는, 이렇게 일방적으로 중국 편을 드는 것처럼 보이는 영화를 중국의 가장 큰 경쟁자인 미국의 자본이 만들었다는 사실입니다.

영화는 영화일 뿐이니 정치 문제는 끌어들이지 말아야 하는 걸까요?

《뮬란 2020》의 개봉을 보며 생각에 잠기게 되는 오늘의 표정이었습니다.

오늘 제가 고른 노래는 우리 영화 《모던 보이》 OST 중에서 김혜수의 〈개여울〉입니다.

2020.9.11.

세계에서 두 번째로 많은 인구, 일곱 번째로 넓은 국토, 고대 인더스 문명과 불교, 힌두교 등 4대 종교의 발상지, 세계 4위의 군사력을 자랑하는 핵무기 보유국이자 세계에서 가장 빨리 성장하는 신흥경제대국, 바로 인도입니다. 하지만 인도의 이러한 화려한 외형을 거둬내고 속을 들여다보면 그곳의 어린이와 여성들은 비참한 빈부 격차와 야만적인 범죄에 노출되어 있습니다.

아들을 바라던 아버지가 갓 태어난 쌍둥이 딸에게 살충제를 먹여 살해하려 했던 최근의 사건. 이 사건의 배경에는 신부가 천문학적인 지참금을 내야 하는 인도의 전근대적인 결혼 문화가 있었습니다. 반면에, 인도 최고 갑부 무케시의 딸은 결혼식 비용만 천억 원이 넘는 초호화 잔치를 벌이며 부를 과시했습니다. 더 놀라운 것은 무케시가 사는 저택은 감정가가 무려 1조 원이 넘어 영국 왕실의 버킹엄 궁전에 이어 세계에서 가장 호화로운 주택으로 평가됩니다.

성폭력도 문제입니다. 최근 통계에 따르면 인도에서 발생한 성폭행 사건 피해자 중 1/4 이상이 어린이라고 합니다. 최근 13세 소녀가 이웃 남자 어른 2명에게 성폭행을 당한 뒤 참혹하게 살해된 사건, 5~6세 어린이와 86세 할머니가 성폭행당하는 사건 등이 연이어 발생하면서 인도의 야만적인 범죄는 국제적인 문제로까지 주목받고 있습니다.

인도의 성자들과 철학자들은 권위와 물욕을 버리라고 가르칩니다. 하지만 그 가르침은 극심한 빈부 격차와 일상적인 성폭력에 고통받는 인도의 서민과 약자들의 현실과는 너무 동떨어져 현기증마저 일어납니다.

우리가 인도를 보며 분노하듯 세계 다른 곳에서 우리를 보고 화를 낼 구석은 없을지 돌아보게 되는 오늘의 표정이었습니다.

함께 듣고 싶은 노래는 이소라의 〈바람이 부네요〉입니다.

2020.9.14.

눈에 보이지도 않는 작디작은 바이러스 코로나 19에 점령당하다 시피 한 세계, 엎친 데 덮친 격으로 기상이변으로 인한 무시무시한 환경의 공격이 이어져 감당하지 못할 충격과 상처를 받고 있습니다. 우리나라와 중국, 일본은 긴 장마와 연이은 태풍 피해에 홍수와 산사태로 많은 사람이 죽거나 다치고 건물과 다리가 무너졌습니다. 미국에서는 이상 고온과 건조한 날씨로 산불이 서부 전 지역을 뒤덮어 피해와 공포가 확산되고 있습니다. 유럽 역시 최악의 가뭄이 이어지고 있고 온난화로 인해 빙하가 녹아 장기적인 재난 위험이 커지고 있습니다. 상대적으로 안전 인프라와 기술이 취약한 아프리카 등의 피해와 위험은 말할 필요도 없습니다.

인류는 또다시 위기에 처했습니다. 위기를 이기는 방법은 협력밖에 없습니다. 공동의 노력으로 지구환경을 개선하고 바이러스 백신과 치료약을 함께 개발해야 합니다. 그런데 여전히 미국과 중국, 중국과 인도 그리고 남북 등 세계 곳곳은 갈등과 다툼으로 분열되어 있고 음주운전과 폭력, 범죄 등 사람끼리 해치고 공격하기에 바쁩니다.

최근 발간된 밥 우드워드 기자의 책 『격노』 내용 중에 북한 김정은이 자신도 세 자녀의 아버지라면서 아이들이 평생 핵무기를 짊어지고 살길 원하지 않는다고 밝힌 대목이 관심을 끕니다. 그 말이 진심이길 그리고 행동으로 이어지길 바랍니다. 다른 사람의 생명을 해치고 위험을 가중시키는 사람들, 정파적 이익을 공익보다 앞세우며 갈등을 증폭시키는 정치인들, 위기로부터 지구와 인류를 구하는 협력보다 분쟁과 분열로 소아적 이익만을 탐하는 국가지도자들이 정신을 차려야 할 때인 것 같습니다. 우리 아이들에게 지금보다는 덜 위험한 세상을 물려주고 지구의 멸망을 막는 일보다 더 중요한 일은 없기 때문입니다.

오늘의 표정이었습니다.

오늘 함께 들으실 노래는 스팅의 〈Russians〉입니다.

2020.9.15.

오늘 미국 메이저리그 김광현 선수가 7이닝 무실점의 역투를 하며, 올 시즌 통산 0.63이라는 기록적인 방어율을 유지했습니다. 토론토의 에이스 류현진 선수 역시 4승 달성에 성공하면서 팀과 지역의 영웅으로 인정받고 있습니다. 유럽에선 손흥민, 황희찬, 이강인, 이재성 등 축구 선수들이 위용을 과시하며 주목받고 있죠. 그런가 하면 세계 대중음악계는 BTS 등 한국 뮤지션들이 지배하고 있다고 해도 과언이 아닙니다. 한국의 위상과 자부심을 높이는 이들에게 찬사와 존경을 보냅니다.

빛이 밝을수록 그늘은 더 짙어진다고 하죠. 빛나는 스타들의 뒤안길에는 채 피어보지도 못한 선수와 연습생들이 많습니다. 어린 시절부터 정상적인 교육과정에는 불참하고 별도의 훈련과 연습, 치열한 경쟁에 내몰린 이들 중 대다수가 부상이나 불운 혹은 가난으로 중도 탈락합니다. 바늘구멍보다 좁은 프로나 대학 특기자의 길은 극소수에게만 열려 있습니다. 승자 독식하는 특성상 탈락자와 패배자를 위한 길은 마련되어 있지 않습니다. 뒤늦게 10여 년 뒤진 공부나 기술 취득의 길을 따라가기는 너무 버겁습니다.

늦었다고 생각할 때가 가장 빠른 때라고 합니다. 스타들이 가장 빛나는 지금이 그늘을 살펴볼 적기입니다. 스포츠와 예술에 재능과 관심이 있는 어린이, 청소년들이 마음껏 열정을 불태우고 기회

를 보장받을 수 있도록 공정한 선발 시스템을 만들어야 합니다. 중
도 탈락하거나 대성하지 못한 이들이 좌절하지 않고 새 출발 할 수
있도록 필수 교육과정을 제대로 이수할 수 있게 해야 합니다. 관련
부처와 협회, 업계의 맹성과 특단의 노력을 촉구합니다. 단 한 명의
아이도 놓치지 않는 인간다운 세상이 우리 모두의 꿈이니까요.

오늘의 표정이었습니다.

함께 듣고 싶은 노래는 마시따밴드의 〈돌멩이〉입니다.

2020.9.16.

일본군 '위안부' 피해 할머니 지원시설인 '나눔의 집'. '나눔의 집' 비리 의혹에 대해 경기도 민관합동조사단이 두 달간 조사한 결과는 충격적입니다. 시민들이 낸 후원금 88억 원의 대부분은 운영 법인의 주머니로 들어갔고, 할머니들을 위해 쓴 돈은 직원 인건비를 포함해 단 2억 원이었습니다. 땅을 사거나 법당을 수리하거나 사찰의 등 값으로 7억 원을 썼고 남은 70억 원은 호텔식 요양원을 지을 비용으로 남겨두었다고 합니다.

이들의 비리가 알려진 발단은 내부직원들의 공익제보 덕분이었습니다. 할머니들을 직접 간호하고 돌봐드리는 직원들이 할머니들에 대한 부당한 대우를 도저히 참을 수 없어서 본인들에게 돌아올 불이익을 감수하고 폭로한 덕분에 비리가 확인되고 문제 해결절차를 밟을 수 있게 되었습니다. 하지만 길고 복잡한 행정과 수사, 그리고 사법절차가 진행되는 동안 이들 공익제보자에 대한 보복과 괴롭힘이 자행되고 있다고 합니다.

특히, 일본인 직원 야지마 츠카사 씨에 대한 공격은 매우 치졸합니다. 그가 일본인이라는 점을 이용해서 '위안부 피해자를 위한 나눔의 집에 일본인 직원이 웬 말이냐'라는 현수막을 붙이는 인신공격까지 자행되었다고 합니다. 참고로, 야지마 씨는 제2차 세계 대전 당시 일본군의 반인륜적 만행을 알게 된 후에 속죄하는 마음으로 한국에 와서 위안부 할머니들을 위해 헌신해 온 분입니다.

할머니들께는 위안부 피해 할머니들을 이용해서 사익을 챙기는 한국인이나 할머니들을 모욕하는 망언을 내뱉는 한국인들 보다 일본인 야지마 씨가 훨씬 더 가깝고 도움되는 사람일 것입니다.

한국인보다 더 한국의 아픔과 상처를 공감하며 몸으로 인류애를 실천하는 야지마 씨에게 감사와 존경과 응원을 보냅니다.

우리는 한국인이기 전에, 일본인이기 전에, 같은 인간이지 않습니까?

오늘의 표정이었습니다.

함께 들으실 노래는 영화《그랜 토리노》OST 중에서 제이미 컬럼이 부르는〈그랜 토리노〉입니다.

2020.9.17.

팍스 아메리카나Pax Americana, 미국이 주도하는 세계 평화는 이제 끝 났다는 평가와 주장들이 계속 나오고 있습니다. 최근 발표된 미국 퓨 리서치센터의 13개 주요 동맹국 대상 여론조사 결과에 따르면, 미국에 대한 호감도가 20~40%, 트럼프 대통령에 대한 신뢰도는 10~20%에 머물러 지난 20여 년 중 최저 수준이라고 합니다.

제2차 세계대전 이후 세계의 자유와 민주주의를 지켜 온 지구의 수호자, UN과 World Bank 등 국제기구의 설립을 주도하며 세계 의 정치 경제 사회의 규율을 정하고 분쟁을 조정하며 이끌어 온 세계의 경찰 같은 수식어들이 미국의 '과거'가 되고 있습니다.

밖으로는 '우리부터 챙겨야겠다'는 'America First'를 공공연히 내세우면서 노골적인 국가이기주의 정책을 펴고 있죠. 지구를 살 리자는 파리기후협약도 미국 경제에 도움 안 된다며 탈퇴를 선언 하고, 미국만 믿고 테러집단 IS와의 전쟁 최일선에서 싸우던 쿠르 드 족은 미국의 이해에 맞지 않는다며 외면당해 처참한 보복의 벼 랑으로 내몰렸습니다.

나라 안에서는 노골적으로 유색인종과 이민자 등 약자를 차별하 고 공격하면서 다수 주류인 '백인들만의 세상'을 만들려는 의도 마저 드러냅니다. 힘없고 약한 나라를 돕고 악의 세력에 맞서 싸우는 '캡틴 아메리카' 나라의 국민이라는 자부심에 가득 찼던 미국 어린이들은 정체성 혼란에 내몰리고 있습니다.

우리 사회의 모습도 마찬가지 아닐까요? 사회지도층이 특권을 누리는 것은 공공의 이익을 위하는 '노블레스 오블리주'의 자세를 실천한다는 전제에서만 가능한 조건입니다. 하지만 권력과 부를 이용한 불공정한 특혜를 당연시하고, 의혹과 비판이 제기되면 '법대로 하자', '위법은 아니다'라는 자세로 일관하며, 불법과 탈법이 확인돼도 '왜 나만 갖고 그래'라면서 목소리를 높입니다. 자신들의 잘못은 합리화하고 상대방의 잘못은 침소봉대하는 우리 사회지도층은 어쩌면 미국보다 더 오래전에, 더 빨리 추락한 듯합니다.

팍스 로마나, 팍스 브리타니카가 무너진 이후 세계는 극심한 혼란을 겪었습니다. 이제 팍스 아메리카나의 붕괴 이후도 대비해야 할 것입니다. 우리 사회도 마찬가지죠. 기득권 권력자들의 낯뜨겁고 이기적인 모습을 보며 지도층의 붕괴 그 이후를 준비해야 합니다. 그 사이 혼란과 피해가 최소화되도록 우리 시민들이 중심을 잘 잡아야겠습니다.

오늘의 표정이었습니다.

오늘 함께 들으실 노래는 존 레논의 〈Imagine〉입니다.

2020.9.21.

분당의 한 아파트에서 두 명의 이웃을 살해한 혐의로 60대 남자
가 체포되었습니다. 화투를 치다가 발생한 시비로 인한 분노가 원
인으로 추정됩니다. 지난주 평택에서는 30대 여성이 편의점 주인
이 자기 자녀의 그림을 분실했다는 이유로 편의점 안으로 차를 몰
기도 했죠. 2008년 땅 보상비 갈등으로 인한 분노를 참지 못하고
국보 제1호 숭례문을 불태워 버린 채종기, 2003년 자신을 무시한
세상에 분노를 느껴 지하철에 불을 지른 대구 지하철 방화참사 범
인 김대한 등 우리 사회엔 유독 분노 범죄가 자주 발생합니다.

분노는 우리 대뇌 신경계의 작용으로 인해 발생하는 방어기제입
니다. 오래전 원시 시대, 자신과 가족을 지키기 위해서 주변의 위
험신호를 포착하고 주의와 대처를 촉구하는 경고신호 발동장치
라고 할 수 있습니다. 하지만 법과 규율이 발달한 현대사회에서
분노 감정은 '조절'의 대상입니다. 과거처럼 소리치고 공격하는
등의 야만적 반응은 비극을 초래할 수 있습니다. 그렇다고 무조건
참고 억누르면 소위 '화병'으로 불리는 한국형 우울증에 걸릴 우
려가 큽니다.

본인이나 주변에 불편이나 두려움을 야기하고 지인과의 관계에
지장을 초래할 정도로 분노 조절에 문제가 있는 사람은 반드시 전
문가의 도움을 받아야 합니다. 과거에는 잘못된 인식과 편견으로

인해 정신건강 치료를 기피하는 경향이 있었지만, 이제는 그렇지 않습니다. 정신건강이 완벽한 사람은 세상에 없습니다. 정도의 차이에 따라서 병원에 갈 정도인지 아닌지가 나뉠 뿐입니다. 몸에 난 상처나 독감을 내버려두면 패혈증이나 폐렴 등 중병으로 악화할 우려가 있듯, 치료하고 약 먹으면 나을 정신건강 이상 증상을 숨기다가 분노 범죄나 중증 장애로 악화시켜선 안 됩니다.

평소, 분노 등 감정을 잘 조절하기 위한 노력도 중요합니다. 식단 관리와 적당한 운동으로 우리 몸의 건강을 지키듯이 남에게 피해를 주지 않는 건강한 감정 표현 방식을 익히고 활용하는 노력이 필요합니다.

오늘의 표정이었습니다.

오늘 함께 들으실 노래는 박정현이 부르는 〈이젠 그랬으면 좋겠네〉입니다.

2020.9.22.

지강헌과 조두순, 둘은 범죄자라는 것은 같지만 다른 면이 참 많습니다. 1988년 500여만 원을 훔친 혐의로 징역 7년 보호감호 10년, 총 17년 수감형을 선고받은 지강헌은 억울함을 호소하며 탈주극을 벌이다 경찰에 사살되었습니다. 반면에 조두순은 2008년 12월 등교하던 8세 초등학생을 납치해서 잔혹하게 성폭행하고 증거인멸 후 내버려둬 죽음 직전까지 내몰았던 잔혹 범죄에도 불구하고 12년 형을 선고받았습니다. 지강헌의 과중한 형은 사회보호법 때문이었습니다. 전두환 신군부의 삼청교육대를 합법화하기 위해 급조된 이 법은 절도, 폭력 등 가벼운 범죄라도 상습적이면 사회악으로 규정하고 형량보다 더 긴 보호감호 처분을 별도로 내릴 수 있게 했습니다. 결국, 인권침해 논란 끝에 2005년에 폐지됩니다.

군사독재 시절 인권을 유린한 사회보호법에 대한 불안과 두려움은 시민들을 지키는 정당한 조치마저 갖추지 못하게 하는 부작용을 낳았습니다. 노벨 경제학상 수상자 밀턴 프리드먼의 '샤워장의 바보' 가설을 떠오르게 합니다. 샤워기를 틀었는데 갑자기 찬물이 쏟아지자 급하게 조절기를 반대로 돌려 이번엔 너무 뜨거운물, 그러자 또다시 반대로 돌려 너무 차가운 물……. 이 과정을 반복하는 현상을 '샤워장의 바보'라고 합니다. 물가 등 시장 반응에 지나치게 민감하게 대응하는 중앙은행이 경제를 망쳐 온 잘못을 비판한 이 가설은 범죄에 대한 대응에도 적용할 수 있습니다.

미국에선 조두순 같은 위험한 성범죄자는 재범 우려가 사라질 때까지 격리된 정신병원에 치료감호 조치하는 성 맹수법sexual predator law이 1997년 대법원의 합헌 결정을 받고 연방법과 주 법으로 제정되어 시행 중입니다. 영국과 스위스 등 유럽의 여러 나라에서는 아동 대상 성폭행을 종신형으로 처벌합니다. 지금 우리 국회에선 뒤늦게나마 이와 유사한 보호수용 제도와 처벌강화 법안이 제출되었습니다. 상식과 합리에 따른 올바른 입법을 촉구합니다.

모든 인간에게 태어날 때부터 주어진 인권은 소중하며 이를 보호하는 것은 국가의 책무입니다. 헌법과 법률, 제도는 이를 실현하는 구체적 모습입니다. 헌법과 법률의 한계를 벗어나 범죄자를 혐오하고 가혹하게 탄압하거나 배제해서는 안 됩니다. 하지만 피해자와 잠재적 피해자를 위험에 빠트리면서까지 합헌적 예방조치, 보호조치를 취하지 않는 것은 국가의 직무유기 아닐까요?

오늘의 표정이었습니다.

오늘 함께 들으실 노래는 영화《소원》OST 중에서 윤도현이 부른 〈소원〉입니다.

2020.9.24.

많은 이들의 가슴을 설레게 했던 영화 《노팅힐》 속 서점 주인 휴 그랜트, 우리 영화 《화이트 발렌타인》의 여주인공 전지현의 할아버지가 운영하던 서점, 영화 《유브 갓 메일》 속 작은 동네 서점 주인 맥 라이언과 대형 서점 체인 기업의 후계자인 톰 행크스 사이의 아기자기한 로맨스……. 그저 영화 속 이야기일뿐일까요?

서울 종로에 있는 책방 '이음'이 폐업을 선언했습니다. 지난 10년 9개월간 인정받던 동네 책방 중 하나입니다. 또 다른 동네 서점은 생존을 위해서 염치불구하고 책과 서점을 사랑하는 분들께 '월세'를 내 달라고 호소하는 글을 온라인에 올렸습니다. 책값이나 커피값을 보내주시면 언제든 서점에 오실 때 책과 커피를 드리겠다는 '역 외상' 제안입니다.

사실 동네 서점의 위기는 어제오늘 일은 아닙니다. 인터넷과 게임, 영상 엔터테인먼트가 손안에 들어오기 시작하면서 독서 인구 자체가 줄었죠. 그나마 책을 읽는 분들도 싸고 간편한 대형 온라인 서점과 e-book을 다운받아 읽기 시작하면서 문 닫는 서점이 늘어만 갔습니다. 그래도 종이를 넘기는 손맛, 잉크와 펄프가 만나 어우러지는 묘한 책의 향기, 서가에 줄지어 꽂혀 있는 책들의 제목과 표지를 훑어보는 재미를 포기할 수 없어 서점을 찾는 수요는 여전히 존재하고, 서점들도 특정 분야에 집중한 전문서점, 독서 토론과 저자와의 만남은 물론, 작은 공연까지 마련하는 차별화된 노력으로 명맥을 유지해 왔습니다.

지금 동네 서점들이 도서정가제 개정에 강하게 반발하고 있습니다. 자본력을 갖춘 온라인 서점이 시장을 과점하는 것을 막기 위한 도서정가제, 전체 출판시장이 안 좋으니 출간된 지 1년이 지난 책이나 도서전 출품 책에는 적용하지 않겠다는 문화체육관광부의 개정안이 시행되면 대형 출판사나 온라인 서점은 재고정리나 할인판매로 수익을 올릴 수 있지만, 동네서점은 엄청난 타격을 받게 된다는 것입니다. 저도 책을 쓰는 저자의 한 사람으로서 도서정가제 개정에 반대합니다. 제 책이 헐값에 정리되는 아픔과 고통도 싫지만, 동네 서점의 희생으로 출판 시장을 살리겠다는 자본의 논리로는 문화를 지탱할 수 없다고 믿기 때문입니다.

독서의 계절입니다. 동네 서점을 찾는 발길이 더욱 잦아지면 좋겠습니다. 정부에서도 동네서점에서만 쓸 수 있는 문화 상품권 등 실효성 있는 지원책과 독서장려책을 마련해줬으면 좋겠습니다. 서점이 사라지면 책이 줄고 우리가 사는 세상은 더욱 험해질 것입니다. 오늘의 표정이었습니다.

함께 들으실 노래는 윤종신, 김필, 곽진언이 함께 부른 〈지친 하루〉입니다.

2020.9.25.

13세 어린이를 대상으로 성매매 범죄를 저지른 문화재청 공무원, 여성의 신체를 불법 촬영하다가 붙잡힌 연세대학교 의대생, 법인 카드로 룸살롱에서 7천만 원 가까이 썼다가 적발된 고려대학교 교수들……

모두 형사 처벌받아야 할 범죄인 동시에, 범죄 심리와 정신의학 관점에서는 '성 도착' 증세라고 할 수 있습니다. 공무원이나 의대생, 교수 등 소위 전문직 종사자들은 정규 교육과정은 물론 직무 훈련 과정에서 '성범죄 예방' 및 '성인지 감수성' 교육을 충분히 받습니다. 그런데도 이런 성 관련 범죄를 저지른다면 어떤 이유로도 이해나 관용의 대상이 되어선 안 됩니다. 초범, 반성, 혹은 직업이나 전문성으로 사회에 공헌 등의 사유로 솜방망이 처벌하는 우리 사회와 사법부의 관행은 이런 성 도착적 성범죄를 부추기고 있습니다.

성적 자기결정권을 충분히 행사할 수 있는 나이 이상인 사람 간에, 애정을 바탕으로 동의하에 이루어지는 것 이외의 모든 성적 행위는 '성적 일탈'입니다. 일탈의 정도가 심하면 성범죄로 처벌받아야 합니다. 성적 일탈에 집착하면서 반복적으로 행하는 것이 '성 도착'입니다.

범죄심리학에서는 성범죄를 통한 욕구 해소 행위를 '바다에서 갈증 날 때 마시는 바닷물'에 비유합니다. 염도가 높은 바닷물을 마시면 탈수증세로 갈증이 심해집니다. 그래서 더 마시게 되고 이를 반복하다가 결국은 죽음에 이르게 됩니다. 성 도착적 일탈도 마찬가지로, 만족은 순간에 그칠 뿐 행위를 반복할수록 욕구는 더 강해지고 만족도는 떨어져서 더 강한 자극을 갈망하게 되고, 결국에는 파멸에 이르게 됩니다.

본인 혹은 가족이나 지인에게 '성 도착'의 문제가 있다고 의심되면, 반드시 전문가를 찾아 상담하고 치료받아야 합니다. 그렇지 않으면 오늘 언론에 보도된 공무원, 의대생 혹은 교수들처럼 범죄자가 됩니다.

피해자에게 큰 상처를 입히고 자신도 파멸에 이르는 성범죄로 향하는 길 앞에 서 있는 사람들이 부디 그 길을 걷지 않기를 바라는 오늘의 표정이었습니다.

오늘 함께 들으실 노래는 김윤아의 〈길〉입니다.

2020.9.28.

경남 창원지방법원 통영지원에서 열린 형사재판에서 거제 집단 학교폭력 가해자 4명 중 2명이 각각 단기 6월 장기 8월, 단기 1년 6월 장기 2년의 징역형을 선고받고 법정 구속되었습니다. 이들은 동급생을 대상으로 수시로 집단 폭행했고 목을 졸라 기절시키는가 하면, 어머니를 성폭행하겠다고 협박하고 속옷을 벗긴 사진을 SNS에 올리기까지 했습니다.

반성은커녕 범행을 부인하던 이들에게 유죄판결이 내려진 결정적인 이유는 집단폭행 장면이 고스란히 담긴 CCTV였습니다.

수년 동안 피해자의 몸과 마음을 참혹하게 파괴한 이들의 범죄 행위 못지않게 충격적인 것은 유죄 판결 이후 보인 가해자 부모들의 태도였습니다. 재판 후 피해자가 합의해 주지 않아서 자기 자식들에게 실형이 선고됐다면서 피해자 부모에게 '부끄러운 줄 알라'고 고성을 질렀다고 합니다. 피해자 가족은 수사와 재판을 받는 기간에도 '친구들끼리 좀 싸운 것을 빌미로 거액의 돈을 요구한다', '원래 정신병자다' 등 주변에 퍼진 헛소문으로 인해 괴로워해야 했습니다.

자녀를 때리거나 방임하는 것도 학대지만, 과보호 역시 인성 형성에 부정적 영향을 끼치는 학대입니다. 특히, 가정에서 성장 과정을 통해 타인에 대한 존중과 배려를 익힐 기회를 박탈한 채, 폭력 습성과 반성하지 않는 반사회적 태도를 학습하게 하는 것은 심각한 학대 행위입니다.

거제 학교폭력 가해자 부모들은 어쩌면 그토록 사랑하는 자식들이 정상적인 사회인으로 살아갈 수 있는 마지막 기회를 스스로 걷어차 버린 것일 수도 있습니다. 자식의 잘못을 꾸짖고, 부모로서 피해자에게 사죄하는 모습을 보여줬다면, 죄를 지은 자식들이 국가의 도움으로 교정, 교화되어 올바른 사회인으로 변화할 가능성이 더 커졌을 것입니다.

돈이 많아 원하는 것을 다 사주는 부모는 자녀를 망치지만 힘들고 어려운 일상에도 가훈을 원칙 삼아 굳건하게 정정당당함을 지켜내는 모습을 보여주는 부모는 자녀의 인격 발달에 가장 좋은 스승입니다. 부모와 자녀, 가족의 의미를 더 깊이 생각하게 되는 추석 명절을 앞둔 오늘의 표정이었습니다.

함께 들으실 노래는 Zion.T가 부르는 〈양화대교〉입니다.

2020.9.29.

생명보다 더 소중한 것이 있을까요? 지구와 우주의 신비도 생명의 탄생과 진화에 대한 미스터리가 핵심이죠. 과학과 의학, 국가와 정부 그리고 경제 체제 모두 인류 생명을 유지하기 위해 모든 힘을 다 쏟아 붓습니다.

제주도로 신혼여행을 갔다가 바다에 빠진 사람을 구한 경찰관 김태섭 경장은 인공호흡 끝에 호흡과 생명이 살아나는 그 순간, 세상에서 가장 큰 기쁨과 행복감을 느꼈다고 했습니다. 이국종 교수 같은 중증 외상치료 전문가나 소방관 등 자기 손으로 생명을 구한 사람들에게서 공통으로 들을 수 있는 이야기입니다.

길거리에 쓰러진 사람을 보고 119신고를 하거나 소외와 고립에 고통받는 이웃에게 관심과 소통을 나눔으로써 비극을 막는 등 우리 보통 사람도 생명을 구하는 기적을 만들어 낼 수 있습니다. 또한 가지 아주 확실하게 생명을 구하는 길이 있습니다. 바로 장기기증이죠. 현대 의학의 발달로 사고 등으로 뇌사 상태에 빠진 환자에게서 각막이나 심장, 간 등 장기를 관련 질환 중증 환자에게 이식하면 생명을 살릴 수 있습니다. 그런데 기증 숫자가 너무 부족해서 생명을 살리지 못하는 안타까운 현실입니다.

복지부 자료에 따르면, 올해 상반기 국내에서 장기기증을 기다리는 환자는 4만 명이 넘습니다. 하지만 뇌사 판정을 받고 장기 기증을 결정한 사람은 247명에 불과합니다. 우리나라는 인구 100만명 당 뇌사자 장기기증이 8.68명으로 스페인 48.9명, 미국 36.8명, 영국 24.8명에 비해 크게 떨어집니다. 질병이나 사고는 누구에게나 일어날 수 있는 문제이기 때문에 '사후 장기기증 서약' 제도가 도입되었고 홍보도 적극적으로 이루어지고 있습니다. 하지만 서약률은 여전히 낮고 가족의 동의를 얻기도 너무 어렵습니다.

저는 7년 전에 사후장기기증 서약을 했고 제 가족도 동의했습니다. 언제일지 모르겠지만, 세상을 떠날 때, 누군가의 생명을 살리고 갈 수 있다는 생각만으로도 제 삶에 의미가 만들어지는 것 같아 뿌듯합니다.

오늘의 표정이었습니다.

오늘 함께 들으실 노래는 비틀즈의 〈I want to hold your hand〉입니다.

2020.10.2.

올해 대한민국 추석 민심을 휘어잡은 가왕 나훈아. 1966년 19세 나이로 데뷔한 이래 55년을 한결같이 대중과 고락을 함께해 온 그가 30대 전성기보다 더 힘찬 목소리와 폭발하는 에너지로 사람들의 눈과 귀와 마음을 사로잡았습니다. 그동안 방송 대신 직접 청중과 소통하는 무대 공연만 고집했지만 '코로나 19 때문에 나서야 한다. 가만히 있으면 두고두고 후회할 것 같았다' 라며 무료로 방송출연을 자청해서 더 큰 감동을 주었습니다.

그리고 지금 바로 옆 스튜디오에서는 30년을 한결같이 청취자 곁을 지킨 DJ, 배철수 씨가 음악캠프를 진행하고 있습니다. 다리를 다쳐 깁스를 한 채 힘들게 복도를 오가던 그에게 물었습니다. "추석 연휴인데 미리 녹음하고 좀 쉬시지 그러셨어요? 자꾸 걸으면 다리가 잘 안 나을 텐데요." 그러자 배철수 씨는 웃으며 답했습니다. "괜찮아요, 라디오는 다리를 다쳐도 할 수 있어서 좋네요. 허허."

두 분 말고도 평생 최선을 다해 자신이 맡은 역할을 해내며 우리 곁을 지켜주는 분들이 많습니다. 여러분의 주변에도 계시겠죠. 제 부친은 전상 국가유공자로 작년 말 심근경색으로 갑자기 돌아가시기 전까지 지역 어린이들을 위한 무료 교육 봉사를 꾸준히 해 오셨습니다. 높은 지위도, 많은 돈도, 화려한 명성도 없었지만 정직하고 성실하게 제 역할을 다 한 선친은 제 삶의 나침반입니다.

뒤를 돌아봅니다. 제 모습과 말과 행동을 기억할 딸과 아들이 보입니다. 유명하고 지위가 높고 재산이 많은 아빠가 아니라 정직하고 용기 있고 성실하게 끝까지 최선을 다한 아빠, 미소가 떠오르는 추억을 많이 나눈 아빠로 기억되고 싶습니다. 추석 연휴 끝자락에 선 오늘의 표정이었습니다.

오늘 함께 들으실 노래는 벤 폴즈의 〈Still Fighting it〉입니다.

2020.10.5.

이번 추석 연휴에 수백 마리의 반려동물이 또 버려졌다고 합니다. 한 해 동안 13만 5천여 마리가 유기되어 역대 최고치를 경신한 지난해의 수준을 뛰어넘을 수도 있다고 하네요. 동물보호소들도 수용 한계를 한참 넘을 정도로 밀려드는 유기 동물들을 감당하지 못해 처참한 환경에서 죽기만을 기다리며 동물들을 버려두는 곳도 많다고 합니다. 반려동물을 학대하거나 버리는 사람은 아동 학대나 유기 범죄자 못지않은 생명 경시 범죄를 저지르고 있는 것입니다.

문제의 시작은 생명을 장난감으로 생각하면서 사고파는 문화입니다. 작고 귀여운 새끼 동물을 사서 놀이 대상으로 삼다가 점차 책임져야 할 기본적인 의무 이행이 번거로워지기 시작합니다. 장난감이 아닌 귀찮은 짐이 되어 버리는 과정이죠. 짐짝 취급을 하며 보살핌을 받지 못한 개는 스트레스를 많이 받게 되고 자주 짖거나 물어뜯는 행동을 하게 됩니다. 이는 이웃이나 방문객의 항의를 듣는 분쟁의 빌미가 되기도 합니다. 장시간 출타나 여행이라도 가려 하면 비싼 동물호텔비를 물거나 장기방임해야 하는 상황에 내몰리죠. 진짜 장난감이면 기부하거나 쓰레기로 버리면 되지만, 살아있는 생명인 반려동물은 그럴 수 없습니다. 외국처럼 입양 문화라도 활성화되어 있으면 잘 키워줄 다른 가정에 보내주면 될 테지만 우리나라는 돈을 주더라도 작고 귀여운 새끼 동물을 사려 하지 남이 키우던 덩치 큰 동물을 데려다 키우려 하지 않습니다. 나라에서 입양 보조금을 주는데도 이런 문화와 관습은 바뀌지 않고 있습니다.

어린 시절, 동생 같던 강아지 '똘이'가 보이지 않아서 온 동네를 헤맸습니다. "개장수가 데려가던데?" 하는 이웃의 말을 듣고는 주저앉아 대성통곡을 했죠. 며칠 후, 똘이는 기적처럼 돌아왔고 어른들은 "너 보고 싶어서 목숨 걸고 탈출했나 보다" 하며 허허 웃었습니다. 가족회의 끝에 안락사 위기에 몰린 유기견을 데려와 함께 산 지난 11년, 제 아이들은 어린 시절의 저처럼 '모카'라는 강아지를 동생처럼 여겼습니다. 지난해 말, 모카는 암으로 세상을 떠났지만 여전히 우리 가족의 마음과 휴대전화 속 사진첩에서 함께 살고 있습니다.

동물의 생명이 경시되는 사회에선 사람의 생명도 가볍게 여겨집니다. 나와 내 아이들의 생명이 존중받기 위해서라도, 반려동물의 생명을 중하게 여기는 사회가 되었으면 좋겠습니다.

다양한 생명의 색과 향기가 특히 더 아름다운 가을날, 오늘의 표정이었습니다.

함께 들으실 노래는 가을방학의 〈언젠가 너로 인해〉입니다.

2020.10.6.

최근 공개된 경향신문과 한국리서치 여론조사 결과 가장 불공정한 분야로 '정치권'과 '법조계', 그리고 '언론계'가 꼽혔습니다. 주간지 시사인의 조사에서도 가장 신뢰도가 하락한 공적제도로 대법원과 검찰이 꼽혔고 신문과 방송 등 언론은 유튜브와 네이버보다 신뢰도가 떨어지는 것으로 드러났습니다.

다양한 해석과 분석들이 제시되고 있지만, 저는 '한국 엘리트의 몰락'을 주된 요인으로 꼽고 싶습니다. 정치, 법조, 언론 모두 소위 명문대 출신 엘리트들이 독점해오고 있는 분야입니다. 보수, 진보 등 이념 혹은 영호남 등 지역, 그리고 학벌 등으로 나뉘어 서로 싸우고 승패에 따라 주류의 인적 구성이 바뀌긴 하지만 소위 '그 나물에 그 밥', 여전히 특정 소수 엘리트, 그들만의 리그입니다.

저는 한국 엘리트 집단의 문제를 크게 세 가지, 배타성, 기득권 안주, 공감능력 부족이라고 봅니다. 한국 엘리트들은 마치 봉건시대 귀족처럼 비엘리트 외부인을 경시하고 배척합니다. 그로 인해 순혈주의, 집단사고에 사로잡혀 대다수 비엘리트 국민이 이해하지 못할 언행으로 공분과 불신을 자초합니다. 시험 성적과 학벌에 바탕을 둔 자격증이나 기득권에 집착하고, 권력이나 자본, 혹은 자기 집단 공동체에 대해 절대적으로 충성하며 '영혼을 파는' 행태도 서슴지 않습니다. 갑질과 편법 역시 이들의 특기이자 장기죠.

이들 다수는 어려서부터 '기득권 엘리트' 자리 확보에만 전념하기 때문에 또래 친구의 아픔과 고통 등을 살피지 않습니다. 자신을 둘러싼 세상의 불공정과 불합리 등 사회적 문제에 대해서 자연스럽게 발생하는 호기심과 분노, 참여 욕구 등도 스스로 억누르거나 부모 등에 의해 억누름을 강요당합니다. 정작 사회의 책임 있는 자리에서는 동료 시민이나 시대의 아픔에 공감하지 못하는 반사회적 심성을 갖게 되는 것이죠.

물론, 엘리트들이 모두 그런 것은 아니며 노블레스 오블리주, 공익을 위한 봉사와 헌신의 자세를 갖춘 멋진 엘리트도 당연히 있습니다. 하지만 한국 엘리트들의 주류와 대세, 그리고 하위문화는 배타성과 기득권 안주, 공감능력 부족의 세 가지 특성이 있다는 것이 문제입니다. 그 결과 대한민국에서 가장 불신 받는 집단이 된 것이죠. 거의 모든 왕조와 국가, 사회, 기업의 몰락은 지배 엘리트의 타락과 부패로부터 시작합니다. 폐쇄적이고 기득권에 안주하며 공감능력 떨어지는 이들을 향한 민중의 조소와 손가락질이 이어지고 이로 인한 분열과 갈등, 사회적 불신의 확산은 공멸로 이어지는 순서죠.

이제 우리 모두를 위해서라도 건강하고 열린 엘리트 양성 구조를 마련하고 공적 제도와 기관의 신뢰도를 높여야 합니다. 조롱과 비난만이 아닌, 존중을 바탕으로 한 진지한 공론이 필요합니다.

'도대체 왜 정직하고 성실한 노력이 불운과 실패의 연속으로 귀결될까?' 그 이유를 몰라서 축 처진 우리 이웃의 어깨가 눈에 밟히는 오늘의 표정이었습니다.

함께 들으실 노래는 싸이의 〈챔피언〉입니다.

2020.10.7.

머리카락을 살며시 흔들고 기분 좋게 뺨을 스쳐 지나는 바람,
밝고 강한 태양 아래 가득 차 있는 투명하고 깨끗한 공기,
꽤 긴 시간을 걸어도 땀이 나지 않는 기분 좋은 선선함⋯⋯.
오늘 MBC로 출근하면서 만끽한 가을의 맛이었습니다.

그런데 우린 언제까지 이 멋진 가을을 즐길 수 있을까요? 지금 이
순간에도 지구의 허파라는 아마존 열대우림과 늪지는 사라지고
있습니다. 북극의 빙하는 그야말로 빛의 속도로 녹아 없어지고 있
죠. 바다에 쌓인 플라스틱 쓰레기들은 해양생물과 공기 중으로 스
며들어가 다시 우리 몸속으로 들어오고 있습니다. 우리에게 보이
지 않는 곳에서 일어나고 있는 일들은 소름이 끼칠 정도로 무섭습
니다. 보이지 않지만, 우리와 상관없는 일은 결코 아니죠. 세계적
인 베스트셀러 『총,균,쇠』의 저자인 재레드 다이아몬드 교수는 환
경파괴가 이대로 진행된다면 인류는 50년 안에 멸종할 것이라는
무서운 경고를 하기까지 했습니다.

우리가 지금처럼 환경을 훼손한다면 지구에게 우리는, 인류를 위
협하는 바이러스 혹은 치를 떨며 싫어하는 바퀴벌레 같은 존재가
될 수 있습니다. 그렇게 되면 지구가 자신을 지키기 위해서 해로
운 존재인 인류를 박멸해 버릴지도 모릅니다.

저부터 노력하겠습니다. 자가용보다 대중교통을 많이 이용하고 가능하면 걸어서 이동하겠습니다.

텀블러를 더 자주 이용하고 일회용 컵은 사용하지 않겠습니다.

비닐과 플라스틱 등 환경훼손 물질 사용을 최대한 자제하겠습니다.

될 수 있는 대로 친환경 제품을 찾아서 사용하겠습니다.

환경단체 후원 액수를 늘리겠습니다.

친환경 입법과 정책을 위해 노력하는 정치인과 정당을 지지하겠습니다.

하루 중 환경에 대해 생각하고 공부하고 실천하는 시간을 계속 늘려나가겠습니다.

눈이 부시도록 멋진 이 가을 느낌을 우리 아이들과 그들의 아이들에게 계속 물려주고 싶은 오늘의 표정이었습니다.

함께 들으실 노래는 솔라가 부르는 〈가을 편지〉입니다.

2020.10.8.

사람의 몸은 피가 돌아야 각 세포에 영양이 공급되고 뇌와 모든 장기가 제 역할을 해서 생명을 유지할 수 있죠. 그런데 혈관이 좁아지거나 막히는 동맥경화증이 발생하면 피가 돌지 않아 신장 등 장기 손상, 뇌졸중 혹은 심근경색 등 치명적인 문제가 발생하고 심하면 생명을 잃게 됩니다.

자본주의 사회는 돈이 돌아야 각 가정과 업체, 기업, 기관, 단체는 물론 국가와 사회 지원에 의존하는 사회적 약자들에게 재화와 용역이 공급되어 생계를 유지할 수 있게 됩니다. 그런데 사회 어딘가에서 돈이 쌓이고 막힌 채 돌지 않으면 '돈맥경화'에 걸려 디플레이션 등 경기침체와 시장 왜곡 현상이 발생하고 주가 하락, 생산저하, 빈부 격차 및 복지 사각지대 등이 발생해 그 사회의 생명이 위태로워집니다.

지금 5만 원권 실종사건이 벌어지고 있습니다. 한국은행이 코로나19 불황을 이겨내기 위해서 작년보다 3배나 많이 찍어냈지만, 은행에는 그중 20%만 돌아왔고 나머지는 어딘가 쌓여 있다고 합니다. 많은 소득을 올리면서도 신고하지 않고 돈을 숨길 수 있는 사람들이 이른바 '돈맥경화'를 일으키고 있는 겁니다. 이들 중 일부가 국세청 빅데이터 조사 기법에 걸려들었습니다. 고소득 전문직, 임대업자, 사채업자, 유흥업주, 자산가 등이 소득신고는 하지 않고 현금, 금괴, 보석 등을 숨겨두거나 다른 사람 명의로 고가주택을 사들이는 등의 수법으로 부를 축적하고 있었습니다.

우리 몸에 피가 잘 안 도는 동맥경화가 발견되면 즉각적인 치료가 필요하듯, '돈맥경화'도 마찬가지입니다. 국세청 등 관계 당국이 조사와 수사 역량을 총동원해서 세금탈루, 조세포탈, 불법 사금융 및 무신고 거래 허위거래 등 경제사범들을 색출하고 조세정의를 확립해야 합니다.

많이 벌고 많이 가진 분들도 생각과 태도를 바꾸기 바랍니다. 비만이 건강의 적이듯, 금고에 쌓인 돈은 오히려 행복과 자녀의 인격 형성에 해롭습니다. 세상이 던지는 '많은 돈', 부자라는 미끼에 걸려들어 속이 텅 빈 삶을 살면서 사회를 병들게 하는 돈맥경화의 주범이 되지 말고, 수입을 제대로 신고하고 제대로 세금 내면서 투명하게 자산을 관리합시다. 그래야 유리지갑 근로자들이 억울해하지 않고, 국가의 지원이 필요한 사회적 약자들도 제대로 혜택을 받으면서 우리 사회의 스트레스와 분노의 총량을 줄여나갈 수 있습니다. 돈 때문에 돌겠다는 분들께 힘을 드리고 싶은 오늘의 표정이었습니다.

함께 들으실 노래는 뮤지컬 《맘마미아》 OST 중에서 메릴 스트립과 배우들이 부른 〈money money money〉입니다.

2020.10.9.

한글날을 맞아 세계에서 가장 과학적인 문자 중 하나로, 특히 디지털 시대에 적합한 체계를 갖춘 우리글을 창제한 세종대왕에 대한 감사한 마음이 더욱 크게 샘솟습니다. 한글 창제의 이유도 일반 서민, 백성이 어려운 한자를 배우기 힘들어서 글을 통해 소통하지 못하고 지식과 정보를 접할 수 없는 안타까움을 해소하기 위해서였다고 하니 더욱 감동입니다. 세종은 또한 신분사회 조선의 고질적인 갑질 병폐였던 '노비에 대한 자의적인 처벌'을 금지하고 이를 어기는 노비 주인들을 처벌하는 획기적인 개혁을 단행했습니다. 형벌제도를 개혁해서 가혹한 고문을 금지했고 죽을죄를 지은 악질 범죄자라 하더라도 반드시 세 번의 재판을 받을 권리를 보장해 주는 삼복법을 도입하기도 했습니다. 무엇보다, '그 누구도 억울함이 없도록 하라'는 교지를 내리고 범죄사건 수사 절차와 과학적인 검시법을 체계적으로 정리한 신주무원록을 편찬했습니다.

이렇듯 힘없고 약한 백성 한 명 한 명의 안위를 살피는 인자한 임금 세종대왕 시절, 조선은 국방, 외교, 경제, 문화, 과학 전반에 획기적인 발전과 혁신이 일어났고 조세 정의, 사법 정의, 경제 정의가 향상되고 부정부패가 대폭 감소했다고 합니다.

물론, 아무리 훌륭한 왕이라도 국민이 주인인 민주주의보다 나을 수는 없죠. 국민 한 명 한 명이 주권자요 나라의 주인인 대한민국, 내 마음과 생각을 쉽고 편하게 잘 표현할 수 있는 한글을 가진 국민, 전 세계가 K-Pop 스타들의 한글 노래를 따라 부르고 한국 영화와 드라마를 보며 한글을 익히는 오늘을 내려다보는 저 하늘 위 흰 구름이 세종대왕 님 용안처럼 보입니다.

우리 눈앞의 현실은 결코 녹록지 않습니다. 미국, 중국, 강대국 사이에 치여서 불편과 불이익을 감수해야 하고, 북한의 핵 위협과 잔인한 민간인 살해 등 이해 못 할 인권유린 행태를 쳐다보고 있어야만 하죠. 경제적 불평등이 교육과 취업 기회의 차별로 이어져서 사실상 신분제 사회가 아니냐는 한탄이 절로 나옵니다. 환경은 심하게 훼손되고 있고, 사회는 갈등과 분열로 신음하고 있습니다.

그래도 한글을 가진 문화와 과학의 민족적 유전자, 힘들고 어려운 이웃을 살피고 함께 하는 따뜻한 심성을 공유한 우리는 어려운 문제들을 해결하며 더 좋은 세상을 만들어 나갈 수 있을 것입니다.

낙엽과 나뭇가지와 풀들이 모두 ㄱㄴㄷㄹ, ㅏㅑㅗㅛ 모양으로 보이는 오늘의 표정이었습니다.

함께 들으실 노래는 이날치가 부르는 〈범 내려온다〉입니다.

2020.10.12

코로나 19로 비행기 운항이 중단되자 3개월 동안 무려 2,800km를 걸어서 할머니를 보러 간 11세 소년의 사연이 세계적인 화젯거리가 되고 있습니다. 영국인 아빠와 함께 엄마 나라인 이탈리아 남부 시칠리아에서 살아온 로미오 콕스. 매년 여름 방학 때마다 영국 중부 옥스퍼드셔 위트니에서 혼자 사는 77세 할머니와 만나온 소년이 올해는 코로나 19 때문에 못 만날 상황에 빠진 겁니다. '무조건 할머니를 만나야 한다' 는 로미오의 결심에 종군 기자 생활을 하다가 잠시 쉬고 있던 아빠가 동의하자 로미오는 지도를 펼치고 여행계획을 세웠습니다. 어차피 비행기를 못 탈 바엔 지구 환경을 생각해서 걸어가기로 했고 바다를 건너야 할 땐 배를 이용하기로 했습니다. 그리고 여행에 의미를 더하기 위해서 이 기나긴 도보여행을 공개하고 난민 캠프에 있는 자기 또래 어린이들의 교육 지원 모금을 하기로 했습니다. 로미오와 아빠는 지난 6월 20일, 옷과 식재료, 침구 등 필수품을 채워 담은 산더미 같은 배낭을 짊어지고, 걱정 가득 찬 엄마의 배웅을 받으며 길을 나섰습니다.

길을 잃고, 벌에 쏘이고, 들개에게 쫓기는 등 위기에 처하기도 했지만, 오직 할머니를 만나고 싶다는 마음 하나로 이겨냈다고 합니다. 유럽에서 가장 먼저, 가장 심하게 코로나 19 피해를 본 이탈리아, 항공기는 물론 기차와 차량 이동도 막혀 걷는 것 밖에 방법이 없었던 로미오와 아빠. 긴 장화 같은 이탈리아 반도를 지나 스위스를 거쳐 넓디넓은 프랑스 땅끝에 도달해서 영국으로 가는 배에 몸을 실었습니다. 그리고 영국 땅에 내린 후 14일간의 '코로나 격리'를 마치고 다시 걸어서 할머니 로즈마리의 집 앞에 도착한 것은 9월 21일, 여행을 떠난 지 93일 만이었습니다.

할머니와 손자는 뜨겁게 포옹했습니다. 로미오는 기자에게 "할머니와 제게 최고의 포옹이었습니다"라고 답했고, 할머니는 이렇게 보탰습니다. "그 먼 길을 걸어온 로미오를 보는 것만으로도 특별한 선물이죠, 어린이들이 어른들에게 교훈을 줄 수 있어요."

코로나 19가 낳은 동화 같은 이야기, 듣기만 해도 가슴이 따뜻해집니다. 로미오 콕스 어린이로부터 환경 보호와 고통에 처한 이웃에 대한 관심과 배려의 자세를 배우게 되기도 하고요. 특히, 손자에게, 그 먼 길을 걸어서라도 보고 싶은 존재인 로즈마리 할머니가 부럽습니다. 그리고 생각해 봅니다. 나는 과연 단 한 명에게라도 그렇게 그리워지고 보고 싶은 사람인가, 만약 할아버지가 된다면, 손주에게 꼭 그런 존재가 되고 싶습니다.

할머니 손을 잡고 걸어가는 아이들이 유난히 눈에 띄는, 오늘의 표정이었습니다.

함께 들으실 노래는 장현철 〈걸어서 하늘까지〉입니다.

2020.10.13.

울산 주상복합아파트 화재현장에 나타난 '헬멧을 쓴 신(神)' 소방관들. 방독면에 두꺼운 방화복을 입고 30kg에 달하는 장비를 메고 33층을 걸어 올라가서 의식을 잃은 피해자를 업고 다시 33층을 걸어서 내려왔습니다. 피해자를 안전하게 구급대원에게 인계하고 5분간 휴식을 취한 뒤 다시 화염에 휩싸인 건물 안으로 들어가 구조를 계속했죠.

마치 영화에서 보는 슈퍼히어로 같은 모습입니다. 보통사람과 달리 초능력을 가지고 있어서 결코 지치거나 죽지 않는 슈퍼히어로. 하지만 영화와 달리 현실 속 영웅 소방관들은 늘 사고와 병마의 위험에 노출되어 있습니다. 특전사 출신 13년 차 김영국 소방관은 지금 희귀암인 혈관 육종과 사투를 벌이고 있습니다. 지난달 공상 판정을 받기까지 2년간은 치료에 전념하지도 못하고 이 병이 업무 때문에 발생했다는 것을 입증하기 위해서 싸워야 했습니다. 의사로부터 남은 삶이 1년이라는 선고까지 받은 상태에서 한 명이라도 더 구하겠다며 일선 구조 활동도 멈추지 않았고 언론에 이 사연이 보도되고 나서야 공상 판정을 받고 투병에 집중할 수 있게 되었습니다. 그나마 끝내 공상 판정을 받지 못하고 사망해 유족이 5년간의 소송을 벌여 뒤늦게 공상 및 순직 판결을 받아 낸 고(故) 김범석 소방관과 비교하면 고통의 기간이 짧았습니다.

지난 2012년부터 2017년까지 151명의 암 투병 소방관 중 공상 인정은 2명뿐이었습니다. 이 통계는 그나마 이후에 개선되는 추세이지만, 미국이나 캐나다 등 다른 나라들은 우리와 크게 다릅니다. 소방이라는 직역의 특수성을 고려하고, 숱한 학술 연구와 실증 조사를 거쳐서 '공상추정 제도'를 운용하고 있습니다. 엄격한 건강검진과 체력 측정을 거쳐 채용된 후, 유해 환경에서 격한 구조 활동을 하고, 우울증 혹은 외상 후 스트레스장애 등의 발생률이 높다는 소방관의 업무 특성 등을 고려해서 소방관에게 발생한 원인불명의 질환은 일단 '공상으로 추정한다'는 겁니다. 공상이 아니라는 입증 책임은 고용주인 국가나 지방자치단체에 있다는 것이죠.

화재와 매몰, 조난, 수해 등 각종 위기 상황에서 자신의 안위를 돌보지 않고 헌신하는 소방관들에게 보내는 감사의 박수만큼, 이들이 겪고 있는 아픔에도 관심을 기울였으면 좋겠습니다.

살아있다는 이 신비함을 느낄 수 있게 도와주는 분들에게 감사한 마음이 샘솟는 오늘의 표정이었습니다.

함께 들으실 노래는 Family of the year의 〈Hero〉입니다.

2020.10.14.

한국 학생들의 입시 서류를 위조해서 미국에 있는 소위 명문대학교에 합격시킨 입시브로커 일당이 경찰의 수사 끝에 형사입건되었습니다. 얼마 전에는 자신이 재직하는 고등학교에 다니던 쌍둥이 딸에게 시험문제와 답을 빼내서 알려준 교사와 그의 딸들이 법원에서 유죄를 선고받았죠. 여야 유력 정치인들이 자녀의 대학입시나 취업 등에 부당한 영향력을 행사한 의혹과 혐의를 둘러싼 공방도 끊이지 않습니다.

서민들은 상상조차 할 수 없는 각종 비리와 청탁, 부모 찬스, 그로 인한 결과가 자녀에게 이로울까요? 전혀 그렇지 않습니다. 부모의 도움을 받아 차지한 자리나 지위, 역할은 자녀의 대뇌 피질 속 섬엽을 자극해서 불편한 느낌을 받게 합니다. 스트레스 호르몬이 분비돼서 정서와 감정에 부정적인 반응을 초래하죠. 즉, '돈도 실력이야'라는 말을 한 정유라처럼 아무리 합리화하며 자신을 속이려 해도, 부당하고 옳지 않다는 자각과 인지는 자녀를 계속 불편하게 만듭니다. 친구나 주변 지인의 아무 상관 없는 작은 표정과 눈짓에도 자신을 비난하고 조롱한다는 의미를 부여하게 되고 준법이나 정의 공정을 강조하는 글이나 말, 영상 등을 접하면 내면에서 끓어오르는 기분 나쁜 불편함을 느끼게 되어 이상 반응을 하게 되기도 합니다.

부모나 자신의 합리화 노력이 가까스로 그 스트레스를 이겨낸다고 해도, 그 과정에서 형성된 말과 행동이 성격에 영향을 미쳐서 대인관계에서도 문제가 발생합니다. 즉, 실패하거나 불행한 삶을 살게 될 가능성이 크다는 것이죠. 더 큰 문제는 불의하고 불공정한 방법을 통해 성취하면서 스트레스를 겪는 그 과정은 고스란히 뇌세포에 영향을 미치고 변이를 일으켜 새로운 유전 형질을 만드는 '후생 유전', 혹은 '후성 유전' 현상으로 이어질 수 있다는 것입니다. 인간이 타고 태어난 유전자대로만 행동하고 사는 존재가 아니라 자신의 의지와 선택에 따른 행동의 결과, 혹은 환경의 영향에 따라 적응하면서 유전물질과 염기서열에 변화가 생기고 새로운 DNA가 발현되어 후대에 전해지기 때문이죠.

진정 자녀를 사랑한다면, 돈이나 권력, 혹은 연줄과 영향력이 있는 분들은 절대로 그 힘을 이용해서 자녀에게 부당한 혜택을 주지 마시기 바랍니다. 사회 정의나 공정 때문이 아니라, 당신의 자녀를 불행하게 만들고 그 자녀, 후손 대대로 열등한 인격의 소유자로 만드는 자충수이기 때문입니다.

부당한 혜택 없이, 힘들지만 당당한 하루를 이어가는 청년들에게 손이 아플 정도로 응원과 격려의 박수를 쳐주고 싶은 오늘의 표정이었습니다.

함께 들으실 노래는 이문세의 〈이 세상 살아가다 보면〉입니다.

2020.10.15.

이춘재가 진범으로 밝혀진 소위 '화성 연쇄살인'. 그중 제8차 사건은 경찰과 검찰, 법원이 엉뚱한 사람에게 누명을 씌워 20년간 억울한 옥살이를 시킨 대표적인 사법 실패, 범인 조작 사건입니다. 지금 그 한 맺힌 피해자 윤성여 씨에 대한 재심이 진행되고 있죠. 당시 윤 씨를 살인범으로 기소했던 검사가 어제 법정에 증인으로 나와서 이렇게 진술을 했습니다.
"당시 피의자의 자백을 믿고 기소했다."

아무 잘못 없는 한 사람을 살인범으로 기소해 20년간 억울한 옥살이를 하게 만든 검사의 진술치고는 어이없을 정도로 무책임합니다. 소아마비로 다리가 불편한 윤 씨가 어깨높이 담장을 넘어 침입했다는 자백. 경찰의 고문과 강압으로 인한 허위 자백 가능성에 대해서는 애써 눈감았다 해도, 상식적으로 이해되지 않는 범행 방법에 대해서 검증은 해야 했습니다. 유일한 물증으로 제시된 체모에 대한 국과수 실험 결과 역시 과학에 문외한이 들여다봐도 의문투성이였습니다.

수사권과 경찰의 수사에 대한 지휘권, 기소 독점권 등 무소불위의 사법 권력을 쥔 검사는 그야말로 무고한 사람을 죄인으로 만들거나 죄인도 결백한 사람으로 만들 수 있었죠. 윤성여 씨 말고도 영화《7번 방의 선물》의 실제 주인공인 정원섭 씨, 가정폭력 살인 피해자가 간첩으로 조작돼서 온 가족이 고초를 겪은 수지 김, 영화 《재심》의 소재가 된 약촌오거리 사건, 그리고 삼례 나라 슈퍼 살인 사건, 낙동강변 살인 사건 등 경찰의 조작과 검사의 지휘와 묵인 및 기소로 한 맺힌 피해자들이 숱하게 나왔습니다. 최근에는 서울시 공무원 유우성 씨가 간첩으로 조작되어 기나긴 법정투쟁 끝에 누명을 벗기도 했죠.

그동안 과거 조작 사건에 대한 재심을 진행하던 판사가 법원의 과거 잘못에 대해 사죄하기도 했고, 담당 형사가 눈물 흘리며 잘못을 인정하고 피해자에게 용서를 구하기도 했습니다. 하지만 책임이 가장 무거운 검사가 자신의 실명을 밝히고 사죄하는 모습은 볼 수 없었습니다. 기껏해야 '안타깝다', '아쉽다' 정도의 표현이 전부였죠.

공소시효가 지나서 처벌받지도 않는 상황, 아무 잘못 없이 인생 대부분을 억울한 옥살이로 유린당한 피해자의 한을 조금이라도 덜어주기 위해서, 잘못을 인정하고 고개 숙여 사과하는 것이 그렇게 어려운 일일까요?

저도 혹시 누군가에게 사과를 빚지고 있지는 않은 지 돌아보는 오늘의 표정이었습니다.

함께 들으실 노래는 시카고의 〈Hard to say I am sorry〉입니다.

2020.10.16.

BTS와 평화의 소녀상, 참 많이 다른 둘은 전혀 예상치 못한 곳에서 만납니다. 조직적인 '문화 파괴행위'의 피해자가 된 것이죠. BTS는 미국 비영리단체 코리아소사이어티가 주최하는 '2020 밴 플리트 상' 수상식에서 "한국전쟁 70주년이 되는 해인 만큼 두 나라가 함께 겪은 고난의 역사와 수많은 남성과 여성의 희생을 영원히 기억해야 한다"라는 수상 소감을 밝혔습니다. 중국 언론과 네티즌은 그 수상 소감을 이유로 공격을 퍼붓고 있습니다. 심지어 일부 중국인들이 길거리에서 BTS 휴대전화 케이스를 하고 있다는 이유로 행인을 무차별 폭행하는 일까지 벌어졌습니다. 그런가 하면, 독일 베를린 시 미테구에 설치된 '평화의 소녀상'은 일본 정부와 극우단체 등의 집요한 공격에 굴복한 미테구청 측이 철거 결정을 내렸다가 시민들과 국제사회의 강한 항의에 직면하면서 행정법원의 결정이 내려질 때까지 원점에서 재검토하기로 했습니다. 소녀상이 '조직적인 문화공격'의 대상이 된 지는 이미 오래됐습니다. 미국, 캐나다, 호주 등 여러 나라에서 소녀상 건립이 추진될 때마다, 그리고 심지어 서울과 부산 등 대한민국 주요지역에 세워질 때조차 일본 정부와 극우단체 등의 집요한 공격과 파괴 시도가 뒤따랐습니다.

'문화 파괴행위'는 야만의 상징입니다. 정치, 종교, 가치관이나 주장 등이 다르거나 싫다는 이유로 문화적 상징을 공격하고 파괴하는 행위는 결코 어떤 이유나 명분으로도 정당화될 수 없습니다.

이런 야만적인 행위의 이유는 '낮은 자존감'입니다. 자기 집단과 조직, 국가나 민족의 행위와 역사에 대해 자신감이 없고 열등감을 느끼기 때문에 나타나는 반응입니다. 그대로 두면 열등한 자기 집단의 존재가 적나라하게 드러나고 비하와 조롱의 대상이 될 것이 두려워 이런 과잉반응을 하게 되는 것이죠. 중국과 일본은 BTS와 소녀상을 공격하기 전에 스스로 문제를 해결하고 문화적 자신감을 회복해야 합니다.

물론, 중국과 일본만의 문제는 아닙니다. 정도의 차이는 있지만 어두운 역사와 현실은 모든 국가나 사회에서 발견됩니다. 다만, 어두운 역사와 현실을 정면으로 직시하고 대응해서 적절하고 필요한 조치를 통해 극복하느냐 아니면 부인하고 왜곡하느냐의 차이입니다. 아무리 세계 2대 강국이 된다 한들, 경제 대국의 지위를 누린다 한들, '낮은 국가적 자존감' 문제를 극복하지 못하고 야만적인 문화적 공격행위를 지속한다면, 결코 국제사회로부터 인정과 존경을 받을 수 없습니다.

우리에겐, 그리고 나에겐, 어두운 과거나 현실을 덮고 감춰서 발생하는 '낮은 자존감'의 문제가 없는지 돌아보는 오늘의 표정이었습니다.

함께 들으실 노래는 BTS의 〈Answer : Love Myself〉입니다.

2020.10.19.

요즘 방송을 위해 MBC로 걸어오는 길, 서쪽 하늘은 붉은 노을이 물들기 시작합니다. 청명한 가을 일몰 즈음엔 하늘에 아름다운 그림이 펼쳐지곤 하죠. 그럴 땐 가슴이 먹먹해지면서 지난 추억과 감정들이 온몸을 휘감곤 합니다.

20대 청년 시절, 큰 아픔과 상처로 괴로워하는 친구에게 저녁노을 이야기를 손편지로 써 보낸 적이 있습니다. 구름과 바람과 먼지 등 험한 하루의 방해물을 견디고 이겨내면서 제 할 일을 다 한 해가 질 때 붉게 물든 노을은 세상에서 가장 아름답다고. 지금 우리가 겪는 아픔과 슬픔을 잘 이겨내서 인생의 황혼기에 꼭 저녁놀처럼 아름다운 모습 보이자고…….

정년을 4개월 앞둔 강원도 화천중학교 미술 교사 김승수 선생님은 학생들과 함께 학교 안 낡은 벽들을 아름다운 벽화로 가득 채우고 있습니다. 평생 아름다운 사랑을 한 뉴질랜드 부부 캐빈과 모란 갤러허는 결혼 66주년 기념식 10일 뒤에 두 손을 꼭 잡고 20분 간격으로 세상을 떠났습니다. 태어날 땐 따로 떨어져 있었지만 죽을 땐 함께 하자던 약속을 지킨 아름다운 황혼이었죠. 두 손 꼭 잡고 산책하는 노부부의 뒷모습에서도 그 아름다움이 느껴집니다. 우리 주변엔 저녁노을처럼 아름답게 생을 마무리하는 분들이 무척 많습니다.

그분들의 비결은 뭘까요? 11년 전 선종한 고(故) 김수환 추기경은 '어떻게 살아야 합니까' 라는 질문에 이렇게 답했습니다.

"당신이 세상에 올 때 당신 혼자만 울고 주위 모두가 미소를 지었죠. 세상을 떠날 때 당신만 미소 짓고 주위 사람들은 아쉬움의 눈물을 흘릴, 그런 삶을 사세요."

세상 떠날 때 미소 지을 수 있으려면 미련이나 후회가 남지 않도록 해야겠죠. 주위 사람들이 아쉬움의 눈물을 흘릴 삶을 살려면 욕심과 아집으로 상처 주거나 억울함과 한(恨)을 남기는 언행도 하지 말아야겠죠. 저녁노을처럼 아름다운 인생 황혼을 맞는 일, 결코 쉽지 않아 보입니다. 푸근한 미소가 자연스럽고, 세상 떠나갈 마음의 준비를 한 황혼, 지금부터 준비하려 합니다. 후회하지 않고 미련 남지 않도록, 욕심과 아집에 사로잡히지 않도록, 존중과 배려 그리고 공감의 태도를 갖추도록……

20대 시절 제 손편지를 받았던 친구에게서 오랜만에 전화가 왔습니다. 간단한 안부만 나눈 짧은 통화가 끝난 후 많은 추억이 떠올랐습니다. 녀석도 아름다운 황혼을 위해 최선을 다하고 있음을 느낄 수 있었습니다. 유난히 아름다운 저녁놀이 그리운 오늘의 표정이었습니다.

함께 들으실 노래는 영화《스타 이즈 본》OST 중에서 레이디 가가가 부르는 〈장밋빛 인생La Vie en Rose〉입니다.

2020.10.20.

1976년, 외할머니 손을 잡고 사람 많고 복잡한 서울 남대문 시장에 갔던 3세 꼬마 윤상애 양. 그만 할머니 손을 놓치고 인파 속에 묻혀 버렸습니다. 할머니가 있는 방향이라고 생각해 계속 앞으로 나아갔지만, 낯선 곳 낯선 사람들뿐. 결국, 미아보호소를 거쳐 홀트아동복지회를 통해 미국으로 입양되어 데니스 맥카티가 되었죠. 컴퓨터, 휴대전화, CCTV도 없고 경찰 실종 아동 시스템도 없었던 당시에는 지금으로선 상상조차 할 수 없는 일이 자주 일어났습니다. 길을 잃은 미아가 하도 많아서 방송에서는 잃어버린 가족을 찾는 특별 프로그램을 편성하기도 했죠. KBS《아침마당》'잃어버린 가족을 찾습니다' 코너에 함께 나온 다른 모든 출연자가 가족을 찾았지만, 상애 씨는 찾을 수 없었습니다. 한편, 상애 씨 가족은 딸의 사진과 이름, 인상착의가 적힌 전단을 돌리며 상애 씨를 찾아 헤맸고, 아예 남대문 시장에 가게를 차려 혹시라도 길을 잃은 장소로 돌아올까 장사를 하며 지금껏 기다렸습니다. 그 사이 자책감에 괴로워한 외할머니와 딸을 너무나 그리워해 병에 걸린 아버지는 세상을 떠나고 엄마와 오빠, 그리고 쌍둥이 언니가 지금까지 상애 씨를 기다리고 있었습니다. 그랬던 상애씨 가족이 44년 만에 기적적으로 영상통화를 통해 만났습니다. 당시엔 없었던 DNA 기술, 그리고 올해부터 경찰청이 외교부, 보건복지부와 함께 시행 중인 '해외한인 입양인 가족 찾기' 제도 덕분입니다. 코로나 19로 지연된 극적인 상봉은 일단 영상통화로 대신했지만,

그 감동은 보는 사람조차 눈물짓게 하였습니다.

저도 10살도 채 안 된 나이 어린이날에 미아가 된 적이 있습니다. 형과 함께 동두천에서 서울 어린이대공원으로 여러 차례 버스를 갈아타고 갔다가 사소한 일로 형과 다투고는 "나 집에 갈 거야"라고 소리치고 혼자 뛰어갔죠. 아차 싶어서 뒤돌아섰을 땐 이미 무수한 인파 속에 갇혀 형은 보이지 않았고, 처음 와 본 낯선 곳에서 방향감각도 잃었습니다. 한참을 울며 헤매다 혼자 집에 가기로 마음먹었지만, 수중에 돈 한 푼 없었습니다. 무작정 걷다가 도착한 버스정류장에서 당시에 '안내양'이라고 부르던, 승하차 도우미에게 사정을 애기했습니다. 미소 지으며 일단 타라고 한 안내양은 기사 아저씨에게 무슨 말인가를 했고, 한참을 가다가 내리라고 하더니 다른 버스 안내양에게 인계해 줬습니다. 그러길 몇 차례, 깜깜한 밤이 되었을 때 동두천에 도착할 수 있었고, 가족과 눈물의 상봉을 할 수 있었습니다.

상애 씨에 비하면 저는 참 운이 좋은 아이였죠. 천사 같은 안내양 누나들과 기사 아저씨들, 그 외에도 많은 이웃이 기억도 하지 못하는 무수한 위험한 순간마다 저를 도와주고 지켜주셨습니다. 그 덕에 지금의 제가 있습니다. 아주 조금의 차이지만, 그런 이웃을 만나지 못한 친구들은 상애 씨처럼 외국으로 입양되어 가거나 끔찍한 범죄의 피해자가 되기도 했죠. 세상 모든 어린이는 우리 사회의 귀한 선물입니다. 저를 지켜주신 이웃 천사들의 역할, 이제는 제가 이어받아서 이웃 아이들을 지키고 살피는 역할을 더 잘해 야겠다는 다짐을 해 봅니다.

거리에서 마주치는 아이들의 미소가 유난히 예뻐 보이는 오늘의 표정이었습니다.

함께 들으실 노래는 백지영의 〈See you again〉입니다.

2020.10.21.

인생은 여행이다. 누가 처음 말했는지 알 수 없지만, 많은 나라에서 오래전부터 회자되는 말입니다. 그만큼 우리 고개를 끄덕이게 하는 명언이죠. 우리와 닮은 에스키모가 머나먼 알래스카에서 살게 된 이유도 용기 있고 힘든 긴 여행의 결과로 알려져 있습니다. 요즘 같은 늦가을엔 단풍을 찾아 여행을 떠나고, 일상과 사람들에 지치면 어디론가 훌쩍 여행을 떠나고 싶은 게 마치 본성과 같은 우리들의 욕구죠.

영원할 줄 알았던 여행업계의 호황, 코로나 19가 단숨에 허물어트렸습니다. 최근에는 빠르게 성장하던 여행사였던 여행박사의 양주일 대표가 거의 전 직원을 정리하는 인력감축 계획과 함께 겨우 한 달 치 월급만을 위로금으로 주는 희망퇴직 신청을 받겠다고 해서 업계가 또 한 번 출렁였습니다. 양 대표는 직원들에게 미안함을 전하면서 "그게 뭐 정리해고지 희망퇴직이냐 하시겠지만, 지금은 그마저도 잔고가 없어 대출받아 지원하는 실정이다. 위로금을 2달, 3달 급여로 하고 싶지만 100만 원이 100명이면 1억인데 그놈의 그 알량한 돈이 없다……"고 심경을 밝혔습니다. 더 충격적인 것은 사정이 좋아지면 다시 만나자는 가느다란 희망조차 냉정하게 부정했다는 점입니다. 양 대표는 이 재난은 오래갈 것이고, 설사 코로나 19가 극복되어 여행이 재개된다고 해도 이미 포화상태로 공급과잉인 여행업계는 극심한 제살깎기 마이너스 경쟁이 될 것이라고 단언했습니다. 그러면서 떠나보내는 직원들에게 "다른 일을 찾아야 한다"는 차가운 현실 인식을 드러냈습니다.

우리는 여행을 멈출 수 없습니다. 과거 여행의 추억을 되살리고 미래 여행을 꿈꾸는 사진과 영상, 그리고 여행지 정보와 경험담을 찾아 온라인 여행을 떠납니다. 언젠가 코로나 19가 극복된다면, 여행수요는 폭증할 것입니다. 일본과 관계가 개선되고 북한 땅이 열리고 기차 타고 시베리아를 거쳐 유럽으로 가는 새로운 여정, 깊은 바다나 우주 공간 등 새로운 여행지도 생길 것입니다. 스티브 잡스가 '여행은 그 자체로 보상이다'라고 예찬했듯 삶에 지치고 열심히 노력한 우리는 여행이라는 보상을 포기할 수 없습니다.

버스 터미널과 기차역, 공항의 냄새만 맡아도 행복한, 여행을 무척 좋아해서 역마살이 끼었다는 말을 듣고 살아온 저 같은 사람은 여행업계의 불황과 고통이 너무 가슴 아픕니다. 오랜 친구나 가족이 겪는 불행 같습니다. 여행박사 직원들과 코로나불황의 희생자가 되신 모든 분에게 수고 많으셨다고, 결코 당신들 잘못이 아니라고, 꼭 힘내서 견디고 이겨내 주시라고, 무엇보다 자신의 자리에서 최선을 다해 우리 삶을 더 살 만하게 만들어주셔서 고맙다는 말씀드립니다. 그리고 정부와 업계는 여행업의 정상화, 여행업 종사자들의 안정적인 고용환경을 구축하고, 과잉공급 제살깎기 마이너스 여행을 막을 대책을 꼭 찾아주시기 바랍니다.

배낭 하나 메고 홀쩍 떠나고 싶어지는 오늘의 표정이었습니다.

함께 들으실 노래는 적재의 〈별 보러 가자〉입니다.

2020.10.22.

라임과 옵티머스 사모펀드 금융사기 피해자들이 피눈물을 흘리고 있습니다. 농협 NH투자증권이나 한국투자증권, 하이투자증권, 대신증권 등 신뢰의 대상인 대형 증권사 직원의 말을 믿고, 평생 모은 노후자금이나 결혼자금을 투자했다가 몽땅 떼인 겁니다. 주로 국공채에 투자하기 때문에 안전하고 수익성 좋다는 그들의 말은 새빨간 거짓말이었습니다. 부실기업이나 부동산 프로젝트 파이낸싱 등 위험성이 높은 자산에 투자하면서 실패를 거듭한 것은 물론, 유흥비나 로비자금 등으로 고객 돈을 탕진했습니다. 이들의 범행은 법조계와 정관계 비호세력이 있었기에 조기에 적발되지 않았고, 사후 피해구제 역시 제대로 안 되고 있다는 의혹이 강하게 제기됩니다. 이미 청와대 전 행정관과 여당 인사가 구속되었고, 여야 정치인들과 고위급 전·현직 청와대 인사와 검찰과 관계재계 및 법조계 연루 인사들의 명단이 적힌 문건이 확보되어 있다는 보도도 나오고 있습니다.

그런데도 국민의 대표로 국민의 소리를 대변하고 국민의 문제와 아픔, 억울함을 해결해 줘야 할 국회와 정치권은 상대방이 비리의 몸통이라며 싸우느라 여념이 없습니다. 김봉현 등 사기범들의 말과 글 하나하나에 이리저리 쏠리며 중심을 잃고 아전인수 하느라 정신이 없습니다. 피해자는 안중에도 없는 것 같습니다. 이 대형 금융사기의 원인이 된 사모펀드 규제 완화 역시 정치권의 작품이었습니다. 지금이라도 원인을 제공하고, 피해를 키운 공동의 책임을 인정하고, 피해자들의 구제 방안 마련을 위해 힘을 모아야 합니다. 그리고 오직 진실만을 밝혀낼 주체에게 어떤 외부 압력에도 흔들리지 않고 수사할 수 있도록 해 줘야 합니다. 그래서 처음부터 끝까지 어떤 일이 있었는지 낱낱이 드러내고 연루된 인사들 모두 한 명도 빠짐없이 밝혀낼 수 있도록 협조해야 합니다.

조희팔, 제이유의 주수도, IDS 홀딩스 같은 대형 다단계 사기, 그리고 사기성 환율 파생금융상품 키코 사태 등 그동안 발생했던 대규모 금융 사기 피해자들은 이 사건을 어떻게 보고 있을까요? 수단과 방법은 서로 다르지만, 너무나 닮은 공통점들이 보일 겁니다. 첫째, 은행이나 증권사 같은 금융기관 혹은 고위 공무원이나 정치인 및 언론 등 신뢰할 수밖에 없는 대상자들이 유인책 역할을 한다는 것이죠. 둘째, 관련 법 개정 등 규제 완화 조치가 있었고 셋째, 경찰이나 검찰 혹은 금융감독원 등 수사와 조사 기관의 방조나 방임 의혹이 있다는 것입니다. 넷째, 그 뒤엔 권력의 비호 의혹이 있고 다섯째, 문제가 불거지면 정치권은 마치 불난 집처럼 시끄러워지면서 상대방을 공격하는 정쟁을 시작하고 여야 권력의 고래 싸움 속에 비리 몸통은 사라진 채 피해자들의 새우등만 터집니다.

이번에는 과연 다를까요? 정치권이 이젠 정쟁은 내려놓고, 제 식구 감싸기를 포기하고, 독립성과 중립성이 부여된 수사 주체에게

진실규명을 맡기고, 피해 구제책 마련과 재발 방지 대책 수립에
집중하기를 기대해 봅니다.

오늘의 표정이었습니다.

함께 들으실 노래는 윤도현 밴드가 부르는 〈흰 수염고래〉입니다.

2020.10.26.

가을이면 바람 따라 떨어지고 발아래 쌓여 아름다운 풍경을 만드는 낙엽. 거리 미화를 책임지는 분들께는 힘든 일거리일 테지만 지친 일상에서 작은 위안거리를 찾는 이들에게는 촉촉한 가을 감성을 자극하는 선물이죠. 사실 알고 보면 낙엽은 역할을 다 한 잎의 죽음입니다. 여름까지 광합성을 위해 엽록소 가득한 초록색이던 나뭇잎들이 가을이 되어 그 역할을 다 하면 그동안 만든 당, 전분 등의 영양소들과 함께 색소들도 분해되어 나무의 저장기관인 줄기나 뿌리로 보내지고, 엽록소가 없어지면서 나무마다 특성에 따라 숨어있던 색소가 드러나거나, 별다른 색소 없이 갈색으로 변하는 것이랍니다. 광합성을 못하는 가을과 겨울엔 나무에 수분이 부족해져서 나무는 스스로 자신을 지키기 위해 수분을 발산하는 잎들과 이별하는 것이죠.

지난주엔 고이 간직하고 싶은 낙엽 같은 부고를 접했습니다. 평생 사회적 약자들을 위해 의료봉사를 해 오신 고(故) 김경희 은명 내과 원장님. 향년 100세를 일기로 가족과 옛 환자들의 배웅을 받으며 떠나셨습니다. 의료보험이 없고 진료비가 비싸 서민들이 병원 찾을 엄두를 못 내던 시절 무료 진료를 시작했는데, 환자들의 자존심이 다칠 걱정에 1,000원의 진료비를 받아서 '천원 의사 선생님', '상계동 슈바이처'로 불렸다고 합니다. 의료보험이 도입된 후엔 보험혜택을 못 받거나 병원을 찾지 못하는 사회적 약자들을 위한 무료 의료봉사를 계속했고요. 병원에서 번 돈으로 장학회와 심장 수술후원회, 무료독서실 등을 운영했고 평생 모은 재산 53억 원도 모교인 연세의료원에 기부하고 떠나셨습니다. "어떤 재산도 개인이 영원히 소유할 수 없다. 잠시 관리했던 재산을 사회에 돌려준다"는 말씀과 함께.

유령 수술, 과잉 진료, 성범죄 등 의사에 대한 국민의 신뢰를 떨어트리는 사건 사고가 빈번히 발생합니다. 낙엽이 나무를 살리고 새 잎을 돋우는 자양분이 되듯, 가슴 먹먹한 감동을 주고 떠나신 고 김경희 원장님의 생애는 수많은 또 다른 '한국의 슈바이처'들이 태어나는 밑거름이 될 것이라 믿습니다. 김경희 원장님처럼 평생 세상과 이웃을 위해 헌신하신 모든 분께 감사드리며 이 가을, 낙엽이 다 사라지기 전에 거리를 지나며 만나는 낙엽 하나하나의 예쁜 모습을 눈에 담아야겠습니다.

낙엽 밟는 소리가 유난히 좋은 오늘의 표정이었습니다.

함께 들으실 노래는 에릭 클랩튼의 〈Autumn Leaves〉입니다.

2020.10.27.

헬러윈이란 용어는 원래 스코틀랜드 교회에서 사용하던 '모든 성인을 위한 축일 전야All Hallows' Eve'의 줄임말로 1745년부터 기독교 기록물에서 발견됩니다. 원래의 의미는 종교와 세상 그리고 사람들을 위해 자신을 희생한 성인들과 순교자들을 기리는 날로 교회에서 미사 혹은 예배를 한 뒤 촛불을 들고 묘지를 방문해 망자들의 넋을 기리는 것이었습니다. 여기에 정반대의 문화와 풍습이 섞이게 됩니다. 기독교가 전파되기 전 아일랜드 지역 토속 셀틱 문화 중에 가을걷이 추수가 끝나고 겨울이 시작되기 전에 벌이는 잔치 '삼하인Samhain'입니다. 고대 아일랜드 사람들은 이 삼하인 기간에 이 세상과 저 세상 사이 경계가 가장 얇아져서 유령이나 귀신들이 이 세상으로 넘어와서 활동하게 된다고 믿었습니다. 그래서 사람들은 저 세상 유령과 귀신들로부터 가족과 가축들을 지키기 위해서 집과 축사 밖에 망자들을 위한 음식과 술을 내놓고 영혼을 달랬다고 합니다. 그리고 삼하인 날에는 죽은 가족이나 조상의 영혼이 방문한다고 믿었기에 식탁과 불가에 망자를 위한 자리를 마련해 두었습니다. 해골 혹은 얼굴 모양의 등을 만들어 그 안에 촛불을 넣은 당시의 풍습이 오늘날 호박 등으로 변한 것이죠. 우리가 과거에 귀신과 영혼들을 위로하기 위해 굿을 하고 서낭당을 꾸미고, 제사상을 차리던 것과 유사한 맥락의 풍습입니다. 역사학자 니콜라스 로저스는 '삼하인' 역시 고대 로마에서 죽은 자들을 위한 축제였던 '파렌탈리아Parentalia'와 과일과 씨앗의 여신 '포모나Pomona'를 추앙하는 축제 의식의 영향을 받은 흔적이 있다고 주장합니다.

기독교가 처음 우리나라에 들어왔을 때 귀신과 영혼들을 기리거나 달래는 풍습들은 모두 미신, 이교도라 칭하고 배척했습니다. 그런데 고대 로마와 아일랜드의 이교도 풍습에서 비롯된 핼러윈은 상업주의와 만나 기독교 문화권 축제로 인정받고 권장되기까지 하고 있습니다.

서양 풍속인 핼러윈 행사 때문에 코로나 19가 재확산될 수 있다는 우려가 제기됩니다. 핼러윈의 원래 의미는 무엇인지도 모르고, 그저 귀신 복장을 하고 모여서 술을 마시는 정체불명의 문화는 조금 차분하게 생각해 볼 필요가 있습니다. 평상시라면, 지역 상권 활성화 등의 경제적 이유, 그리고 친교와 오락 등 문화적인 이유로 고개 끄덕이고 박수 칠 수도 있습니다. 세계와 함께 즐기는 인류적 공감대 차원의 의미도 있겠죠. 하지만 지금은 코로나 19 팬데믹 상황입니다. 여름 휴가를 마음껏 즐긴 프랑스는 지금 저녁 9시 이후 통행금지라는 통제 정책에도 불구하고 확진자가 하루 2~3만 명씩 쏟아지고 있습니다. 핼러윈의 본고장 영국과 미국 상황은 더욱 심각하죠. 핼러윈의 조상 격인 아일랜드 '삼하인'의 본래 의미가 가족과 가축을 귀신과 영혼의 공격으로부터 지키는 것이었다는 점을 기억해야 할 때입니다.

핼러윈 축제를 즐길 분들은 마음껏 즐기되 그 방식은 될 수 있으면 온라인 중심으로 하시고, 오프라인 모임도 방역수칙을 준수하는 현명한 방법을 택하는 게 어떨까요? 추석과 설 등 명절에 차례를 지내고 조상을 기리며 동네마다 서낭당과 장승을 세우던 우리 선조의 문화와 풍습도 같이 생각하면서 말이죠. 아니면 전설의 고향과 학교 괴담 등 우리 공포 영화 드라마와 외국 공포물 비교도 하고. 그리고 핼러윈의 즐거움과 함께 귀신과 영혼들이 우리에게 준 것일 지도 모를 코로나 19와 독감을 이겨내기 위한 지혜와 정보를 나누는 것도 좋을 듯합니다.

코로나 19시대에 걸맞은 해피 핼러윈 인사를 드리는 오늘의 표정이었습니다.

함께 들으실 노래는 영화 《고스트 버스터즈》 OST 중에서 워크 더 문이 부르는 〈Ghost Busters〉입니다.

2020.10.28.

삼성 이건희 전 회장의 별세로 상속세 10조 원 얘기가 나옵니다. 그러자 일부 언론은 상속세율을 낮추자는 민망한 아부성 기사를 내보내고 있습니다. 사회를 망치는 잘못된 여론몰이임은 물론, 재벌가 자제와 후손들에게도 절대 이롭지 않은 사탕발림입니다. 자본주의는 세습 신분제 봉건주의를 배격하며 자유와 평등, 박애의 인본주의를 지향하면서 탄생한 사회제도입니다. 세습 봉건주의로 인한 차별과 탄압 등 사회적 해악은 다시 언급할 필요도 없습니다. 주목해야 할 또 하나의 문제는 지배계급의 타락입니다. 세습된 부와 권력은 일부의 예외를 제외하곤 후손의 타락으로 이어집니다. 로마 제국으로부터 프랑스 루이 16세, 러시아 로마노프 왕조까지 거의 유사한 패턴을 보입니다.

노력과 운, 주변의 도움으로 일군 부를 자손에게 물려주고 싶은 부모의 욕구, 자신의 돈과 힘을 이용해서 자식에게 도움을 주고 싶은 욕심, 모두 인지상정이죠. 보통 사람의 수준을 넘는 지혜와 성찰, 용기가 없다면 극복하기 어렵습니다. 그래서 상속세 같은 사회제도가 필요한 것이죠. 우리 헌법이 정한 법 앞의 평등, 그리고 경제민주화 조항이 바로 그것이고 기회의 평등, 법과 원칙 준수, 노블레스 오블리주 등의 가치가 자본주의의 핵심입니다. 세계 최고의 부자 워렌 버핏이 고율의 부자세를 도입하라고 외치는 이유이기도 하고요.

일제강점기에 모든 재산을 독립운동을 위해 내놓은 경주 최 부자 가족, 안동 이상룡 선생, 서울 이회영 형제 등 우리 역사 속 참 부자들의 전통이 그리운 오늘의 표정이었습니다.

함께 들으실 노래는 이승환의 〈Dear Son〉입니다.

2020.10.30.

'미국 행정부 내에 트럼프 대통령 탄핵 움직임이 있다.' 이런 글을 2년 전 뉴욕타임스에 익명 기고했던 사람의 정체가 밝혀졌습니다. 주인공은 전 국토안보부 장관의 비서실장 마일스 테일러입니다. 이번엔 자신의 신분을 밝히며 더 강하게 반 트럼프 목소리를 높였습니다. 동료 공화당원들에게 '사람의 품격과 나라의 품격'을 생각해 달라고 호소를 한 것입니다.

테일러 외에도 2년 전 작고한 고(故) 존 매케인 전 상원의원, 조지 부시 전 대통령, 부시 대통령 시절 사상 첫 흑인 국무장관으로 임명됐던 콜린 파웰, 딕 체니 전 부통령 등 우리에게도 익숙한 공화당 중요인사들도 공개적으로 트럼프 반대를 선언했습니다. 왜일까요? 이유는 크게 두 가지로 해석됩니다. 첫째는 정치적인 것으로, 트럼프가 미국의 전통적인 강성 우파 군산복합체 네오콘의 이익에 반하는 정책을 밀어붙이기 때문이란 것입니다. 둘째는, 테일러의 주장대로 미국과 공화당 즉 보수의 가치인 '품격'을 크게 해쳐서 더는 미국과 미국인이 세계를 선도하는 자랑스러운 모습이 아닌, 자기만 아는 이기적인 존재로 추락해 세계인의 조롱을 받고 국격과 국력이 쇠락할 것이라는 평가 때문이라는 것입니다.

정치적 해석은 학자들과 전문가들에게 맡기고, 트럼프로 인해 불거진 '품격' 문제를 생각해 봅니다. 사람이 다른 생명체와 다른 것은 도덕과 윤리, 생각과 판단, 존중과 배려를 배우고 실천하는 '품격'을 갖춘 존재이기 때문이죠. 자신의 이익을 위해서 그 '품격'을 포기한다면, 짐승이나 곤충과 크게 다를 바 없는 존재로 스스로 추락하는 것일 테니까요. 대통령과 주류 정치집단 혹은 사회 구성원 다수가 이런 행태를 보인다면, '국가의 품격'이 떨어지는 것이 될 테고 미국 같은 최강대국이 그런 모습을 계속 보인다면 사람의 품격을 높이는 방향으로 진보해온 인류의 문명이 거꾸로 퇴보하는 비극으로 이어질 겁니다. 비단 미국과 트럼프만의 문제는 아닐 것입니다. 개인의 이익과 타인을 향한 혐오 감정 때문에 '사람의 품격'을 스스로 낮추거나 포기하는 언행이 너무 흔해진 듯합니다. 하지만 인류의 오랜 역사는 이익이나 감정 때문에 품격 대신 야만을 택한 집단은 결국 패망했고, 품격을 문화로 승화시킨 집단은 시대를 선도하고 미래를 개척해 왔다는 것을 우리에게 분명하게 증명해 주고 있습니다. 지금도 앞으로도 그럴 것이라 믿습니다.

감동과 공감의 따뜻한 기운이 온몸을 감싸는 품격 있는 영화 한 편이 보고 싶어지는 오늘의 표정이었습니다.

함께 들으실 노래는 돈 맥클린이 부르는 〈Vincent〉입니다.

2020.11.3.

김윤배 전 청주대 총장 운전기사 김 모 씨가 지난 8월 심근경색으로 숨졌습니다. 보도에 따르면, 고인의 딸은 유품을 정리하다가 고인의 휴대전화에 녹음된 내용을 듣고 분노와 고통에 휩싸였다고 합니다. 작고한 부친이 겪은 참담한 갑질 피해가 고스란히 담겨 있었기 때문입니다. 욕설과 고함, 막말의 연속. 본업인 운전이 아닌 '개밥 줘라, 개를 위해 선풍기를 틀어줘라, 구두 닦아라, 집안 쓰레기 치워라, 잔디 깎아라' 등등. 갑질 가해자 김윤배 씨는 14년간 청주대학교 총장을 하다가 아내가 운영하는 중소기업 고문으로 자리를 옮겼고, 회사 직원인 김 씨를 개인 노예처럼 부렸다고 합니다. 회사 관계자 말은 더욱 기가 막힙니다. "조그만 회사에서 일할 때는 그런 건 도울 수 있는 거죠. 그게 우리나라 인지상정 아닌가요?"

국방의 의무를 수행 중인 병사를 자신의 공관 잡일 처리하는 일꾼으로 부린 군 장성, 꿈을 위해 박봉에도 최선을 다하는 매니저를 가족 심부름꾼으로 쓴 연예인, 대학원생에게 논문 대필과 사적인 잡일은 물론 자녀 학습지도까지 떠맡긴 교수, 경비원의 고용 불안을 약점 잡아 폭언과 주먹을 휘두른 아파트 주민 대표…… 그간 문제가 불거질 때마다 사회적 공분이 일었지만 지독하게 뿌리 깊은 우리 사회 갑질 문화는 사라지지 않고 있습니다. 김윤배 씨는 대학 총장 재직 시절에도 교직원들에게 막말과 폭언을 일삼다가 국회 국정감사에서 지적을 받기도 했습니다. 주변 누구나 알고 있던 오래된 그의 갑질을 그저 피하거나 방관했고, 결국 아무 잘못 없는 운전기사 김 씨는 죽음에 이르기 직전까지 누구도 도와줄 수 없는 힘든 고통 속에 내던져져야 했습니다.

나치 정권이 독재 폭압을 저지를 때 침묵하고 방관했던 목사 마틴 니뮐러는 '그들이 나를 잡아갈 때'라는 참회의 고백 시를 통해 주위 사람에게 닥친 부당한 행위를 방관하면 결국 나와 가족의 피해로 이어진다고 경고했습니다. 독재자, 갑질 가해자, 학교 폭력 가해자, 조직폭력배들은 공포와 두려움을 무기로 다수를 폭압 합니다. 가장 약한 사람, 혹은 저항하는 이들을 가혹하게 공격해서 주변 다른 사람들에게서 '나는 저렇게 당하지 말아야지'라는 방어 심리를 불러일으키죠. 그리고 그중 추종하는 일부에게 이득과 혜택을 줍니다. 하지만 피해자 혼자 고립되게 두지 않고 동료와 이웃이 함께 나서면 결국 소수 폭압 가해자들은 물러서거나 패퇴할 수밖에 없습니다.

내가 아는 갑질 피해자와 공익제보자, 저항하는 소수를 내버려두지 말자 다짐합니다. 방관하지 말고, 홀로 고립되게 두지 말고, 곁에 서고 손을 잡고 함께 해야겠습니다. 그 보통 사람의 용기가 결국 우리 사회의 뿌리 깊은 갑질 문화를 깨트리고 줄여나갈 것입니다. 그 혜택은 나와 내 가족, 내 후손이 보게 될 것은 자명하죠.

일제 강점기, 한국전쟁, 군사 독재……. 길고 아픈 야만의 시대에 강자의 갑질 폭력에 굴하지 않고 자신을 희생해서 우리에게 이처럼 멋진 자유와 민주주의를 만들어 주신 선열들에게 새삼 감사하며, 그분들께 부끄럽지 않게 살아야겠다고 다짐하는 오늘의 표정이었습니다.

함께 들으실 노래는 이하이가 부르는 〈손잡아 줘요〉입니다.

2020.11.4.

'화성 연쇄살인 8차 사건' 재심 공판에 이춘재가 증인 자격으로 법정에 섰습니다. 1986년 이후 악마를 연상케 하는 잔혹한 연쇄살인을 저지르고도 검거되지 않아 최근까지 대한민국을 공포에 빠트렸던 연쇄살인범 이춘재는 1988년 13세 어린이 살해 사건의 범인으로 몰려 유죄판결을 받고 20년간 옥살이를 했던 윤성여 씨는 범인이 아니라 억울하게 누명을 쓴 것이고, 진범은 이춘재 자신이라고 분명하게 밝혔습니다. 1994년 청주에서 처제를 잔인하게 성폭행하고 살해한 혐의로 검거되어 무기징역 형을 선고받고 복역 중인 이춘재는 모두 14건의 살인을 저질렀다고 담담하게 털어놨습니다. 법정에서 그는 자신의 범행에 희생된 피해자들과 유가족, 그리고 자기 때문에 억울한 옥살이를 한 윤성여 씨에게 고개 숙여 사과했지만 진정한 반성의 태도나 느낌은 찾아볼 수 없었습니다.

억울한 사법 피해자 윤성여 씨의 명예회복을 위한 재심을 주도하고 있는 박준영 변호사는 증인신문을 통해 이춘재가 도대체 왜 끔찍한 연쇄살인을 저질렀는지, 그 동기를 밝히기 위해 2시간 동안 질문을 계속했습니다. 하지만 이춘재는 자신에게 불리한 범행 사실과 구체적인 범행 방법, 도구, 일시, 장소 등을 다 밝히면서도 범행의 이유에 대해서는 '본능적 욕구다, 중단하면 성폭행이고 계속 진행하면 살인이 되는 거다' 같은 이해하기 힘든 진술만 내놓았습니다. 이춘재의 모습은 1970년대 미국에서 30여 명의 여성을 연쇄 살해한 테드 번디, 1970~80년대 옛 소련 지역에서 50여 명의 여성과 어린이를 연쇄 살해한 안드레이 치카틸로 등 그와 유사한 악마적 연쇄살인을 저지른 이들과 매우 유사합니다. 심지어 연쇄살인범 강호순은 범행 동기와 이유를 묻는 경찰 프로파일러의 질문에 고개를 갸우뚱하면서 "나도 내가 왜 그랬는지 정말 궁금한데, 당신이 전문가니까 좀 알려주세요"라고 반문했다고 합니다.

이춘재 같은 연쇄살인범들의 실체에 대해서는 학계에서도 견해가 나뉩니다. 선천적으로 공감능력이 없고 죄책감을 느끼지 못하며 충동이 강하고 극단적으로 자기중심적인 사이코패스로 규정하는 시각과, 성장 과정에서 받은 스트레스의 영향으로 인격과 인지체계 형성에 문제가 발생한 복합적 인격장애라는 견해가 대표적입니다. 다만, 설사 선천적 사이코패스라 하더라도 모두 연쇄살인범이나 사기꾼 같은 범죄자가 되는 것은 아니라는 점이 중요합니다. 선천적 사이코패스라 하더라도 어떤 영향을 받으면서 자라는지에 따라 범죄자가 아닌 모범적인 시민으로 성장할 수도 있기 때문입니다. 미국의 정신의학자 제임스 팰론이 대표적인 사례입니다. 할아버지, 아버지에 이어 자신도 대뇌 전전두엽에 이상이 확연한 선천적 사이코패스라는 사실을 확인한 팰론 박사는 어린 시절부터 그의 할머니와 어머니 등 가족들이 사랑과 관심으로 세심하고 따뜻하게 보살펴 준 기억을 통해 후천적인 영향의 중요성을 발견했습니다. 반대로, 전혀 대뇌 기능에 문제가 없는 사람도 후천적인 영향과 그에 대한 자신의 선택적 반응의 연속으로 공감 능력을 퇴화시키고 공격과 분노 욕구를 증폭시켜서 괴물로 성장할 수도 있습니다. 앞서 언급한 테드 번디는 공부 잘하고 성실한 학생으로 자라다가 부모로 알던 사람들이 조부모이고 누나가 친어머니라는 사실을 사촌에게서 듣고 출생증명서를 통해 확인한 뒤부터 달라졌습니다. 끝까지 출생의 비밀을 털어놓지 않은 모친에 대한 분노를 엉뚱하게 다른 여성에게 투사해 연쇄 살해한 테드 번디뿐 아니라 우리나라의 연쇄살인범 유영철과 정남규 등에게서도 뚜렷한 후천적인 악영향의 단서들이 발견되었습니다. 이춘재 역시 본인의 주장이 아닌 그의 삶 전체에 관한 상세한 연구를 통해 악마가 된 이유를 밝혀야 합니다. 그를 통해 우리 사회가 다시는 악마를 만들어 내는 '악마 공장'이 되지 않도록 법과 제도와 문화와 관행을 개선해 나가는 진지한 노력을 기울여야 합니다. 그것이 국가가 그 책무를 다 하지 못해서 이춘재에게 희생당한 피해자들과 유가족, 그리고 윤성여 씨를 비롯한 억울한 사법 피해자들에게 뒤늦게나마 그 빚의 일부라도 갚는 길일 것입니다.

세상 시끄러운 미국 대선 결과가 지구촌 생명 하나하나에 대한 더 좋은 보호로 이어지길 기원하는 오늘의 표정이었습니다.

함께 들으실 노래는 커피소년이 부르는 〈내가 니편이 되어줄게〉입니다.

2020.11.6.

제46대 미국 대통령 선거 후보인 조 바이든은 아일랜드계, 도널드 트럼프는 독일계 미국인입니다. 제44대 대통령인 버락 오바마는 대통령 사상 처음으로 비유럽, 아프리카계 미국인이었죠. 지금까지 선출된 미국 대통령은 모두 유럽 혹은 아프리카계 외지인이었고, 각 주와 지역구 주민을 대표하는 상원과 하원 의원 역시 중남미와 아시아계 등 다른 지역 출신 이민자들이 소수 포함되긴 하지만 마찬가지입니다. 그렇다면 원래 미국 땅의 주인인 원주민의 목소리는 누가 어떻게 대변할까요? 아쉽게도 그들의 삶은 우울한 내용으로 가득 차 있습니다. 미국 인권위원회 조사결과를 보면, 미국 내 다른 인종들에 비해 빈곤율, 알코올중독률, 범죄율, 자살률이 훨씬 높습니다. 1492년 콜럼버스의 미 대륙 발견 이후 서부 개척 시대에 이르기까지 유럽인들은 미국 원주민을 공격하고 학살하고 일부 지역에서는 심지어 인종청소 작전을 벌였습니다. 그 후 미합중국 연방이 각 원주민 부족과 국가 대 국가의 협약을 맺고 원주민 거주 지역을 '보호구역'으로 지정해 자치권을 인정하고, 자치권 밖 미국 주류 사회에서도 원주민 차별을 금지하는 법과 정책을 시행해 오고 있습니다. 하지만 차별과 배제의 문화와 관행은 원주민들을 무력하게 만들고 병들게 하고 있습니다. 현재 전체 미국 인구의 1.5%인 원주민 인구는 원주민에 대한 차별과 편견이 개선되지 않는 한 점점 멸종을 향해 갈 것이라는 우려가 제기됩니다.

우선, 미국 원주민을 부르는 명칭 '인디언'부터 편견과 왜곡의 산물입니다. 대략 1만5천 년 전에 극동과 북아시아 지역에서 무리를 지어 대이동을 했던 사람들이 시베리아와 알래스카 사이 베링 해를 건너 미 대륙에 도착해 이곳저곳으로 흩어져 살게 된 것이 미국 역사의 시작으로 알려져 있습니다. 중남미 지역에서 북미 남서부 지역으로 이주해 정착한 원주민도 일부 있고, 멀리 떨어진 하와이 섬엔 폴리네시아인들이 손으로 만든 배를 타고 건너왔고요. 서남아시아에 있는 인도와는 전혀 상관도 없고, 미국 원주민들의 체형과 생김새 등 유전적 형질도 인도계와는 전혀 다릅니다. 이러한 사실이 확인된 이후에도 미국 원주민을 '인디언'으로 부르고 프로스포츠팀 마스코트나 상품 로고로 인디언 명칭과 희화화된 원주민 부족 모습을 사용하는 미국인들의 무신경은 잔인하기까지 합니다.

미국만의 문제가 아닙니다. 정도의 차이는 있지만, 유럽인들의 식민지배의 역사와 유사한 패턴을 사용한 호주, 뉴질랜드 역시 마찬가지입니다. 그나마 1840년 와이탕기 협약을 체결해 원주민의 권리와 주인으로서의 정체성을 인정하고 보장한 뉴질랜드의 사례가 모범적으로 평가되지만, 뉴질랜드 원주민 마오리 역시 미국 원주민처럼 높은 빈곤율과 알코올중독, 범죄율 및 자살률 등 극심한 집단적 혼란, 아노미 상태에서 좀처럼 헤어 나오지 못하고 있습니다. 가까운 일본의 오키나와, 그리고 1947년 원주민 대학살 사건의 여파가 아직 남아있는 대만 역시 유사한 사례입니다. 우리도 해방을 이루지 못했다면, 일본의 차별과 편견에 시달리며 서서히 멸종을 향해 움츠러들었겠죠. 그런가 하면, 카리브 해 연안국인 푸에르토리코는 최근 시행된 주민투표에서 '국가의 지위를 포기하고 미국의 한 주로 편입되자'는 안에 52%가 찬성했습니다. 문화적, 역사적 전통과 정체성보다 당장 먹고사는 문제가 더 중요하다는 가슴 아픈 모습이죠.

유네스코에 따르면 현재 전 세계에서 사용되는 언어의 수는 7천여 개인데 그 중 1/3이 넘는 2,680여 개 언어가 소멸 위험에 처해 있다고 합니다. 영국 BBC는 "대부분의 언어학자가 지금 이 추세대로라면 현재 존재하는 언어 중 최소 절반 이상이 금세기가 끝나기 전에 지구 상에서 사라질 것이라고 예상한다"고 보도하기도 했습니다. 가장 큰 이유는 미국을 비롯해 많은 나라에서 자행되는 원주민에 대한 차별과 탄압, 그다음이 기후변화로 인한 재해, 그리고 질병입니다. 남의 일만은 아닌 듯합니다. 지난 5천 년 역사 중 중국, 몽골, 일본 등 외세의 침략과 지배를 견디고 가까스로 보존해 오고 있는 우리 문화와 전통을 지키는 것은 인류 문화의 다양성 그리고 지속가능성을 위해서 매우 중요합니다. 아무리 장미꽃이 아름답다 해도 세상이 온통 장미로만 뒤덮여 있다면 상상만 해도 끔찍하지 않습니까? 형형색색 천차만별 다양성이 생명의 가치와 아름다움의 본질 아니겠습니까? 강자의 침략과 지배 정복에 반대하며, 각자의 존재와 권리를 인정하는 인류의 이상과 가치가 전 세계에서, 그리고 우리 삶에서도 잘 지켜지면 좋겠습니다.

늘 봐도 신기한 사계절의 변화가 새삼 고맙게 느껴지는 오늘의 표정이었습니다.

함께 들으실 노래는 애니메이션《포카혼타스》OST 중에서 〈Colors of the Wind〉 번안곡, 오연준 군이 부르는 〈바람의 빛깔〉입니다.

2020.11.9.

관타나모 미 해병 기지에서 발생한 병사 구타 사망 사건을 다룬 할리우드 영화《어 퓨 굿 맨A Few Good Men》. 부대 내 인권 문제 등을 제기하며 타 부대로의 전출을 요청한 산티아고 일병이 두 선임병사로부터 폭행을 당하다 숨진 사건을 다룬 법정드라마입니다. 난공불락의 철벽같은 해병대의 조직보호 침묵의 카르텔로 인해 진실은 감춰지고 사건은 개인적 살인 범죄로 마무리될 상황에 처합니다. 하지만 위험과 불이익을 무릅쓴 법무관 캐피 중위와 해군 수사관 갤러웨이 소령의 용기와 노력으로 두 사병의 개인적인 살인이 아닌, 해병대의 내부 문제를 외부로 발설한 배신자를 응징하라는 '지휘관의 해병식 얼차려 명령 수행'의 결과라는 엄청난 진실이 밝혀지게 됩니다. 결국, 고속승진을 하며 카리스마 넘치는 최고의 해병 지휘관으로 인정받던 제섭 대령이 살인 교사 책임을 지게 됩니다. '어 퓨 굿 맨'은 해병대를 상징하는 '소수정예'라는 뜻과 캐피 중위와 갤러웨이 소령처럼 조직 논리, 집단 문화 및 그로 인한 위협과 불이익에도 굴하지 않고 원칙과 소신을 지키는 '소수 정의로운 사람들'이라는 이중의 의미가 있습니다.

트럼프의 재선 가능성이 크던 미국 대선에서도 정부와 공화당 내에 '어 퓨 굿 맨'의 용기 있는 원칙과 언행이 결과를 바꿨다고 보는 시각이 있습니다. 전통적 공화당 텃밭인 애리조나 주에서 바이든의 역전을 가능하게 한 고(故) 매케인 전 공화당 상원의원의 가

즉, 코로나 19 방역 대신 경제를 택한 트럼프에 맞서 지속해서 소신 발언을 이어 간 앤서니 파우치 전염병 연구소장, 그리고 '공화당보다 미국과 세계가 더 중요하다'며 트럼프 반대를 외친 73명의 주요 공화당 인사들이 그들입니다. 1970년대 닉슨의 워터게이트, 1950년대 매카시즘 광풍 당시 '독재의 방법으로 자유와 민주주의를 지킬 수 없다'며 반 매카시, 닉슨 사임을 외친 공화당 의원들 역시 당리당략과 조직 논리에서 벗어나 진실과 정의의 편에 서서 역사를 바꾼 '어 퓨 굿 맨'이라고 할 수 있습니다.

최근 방송된 우리나라 드라마《비밀의 숲 2》에서도 조직논리와 배신자 프레임, 압력과 유혹에 굴하지 않고 오직 진실과 정의만을 향해 원칙과 소신을 지켜나가는 황시목 검사와 한여진 경감, 그리고 이 두 사람을 돕고 보호하는 한국판 '소수 정의의 수호자'가 큰 관심을 끌기도 했습니다. 지난 정권 국정원 대선개입 여론조작 사건과 최순실 국정농단 사건의 진실을 파헤친 검사들과 특검, 김학의 사건을 집요하게 수사하다가 인사 불이익 조치를 당한 경찰관들, 약촌오거리 살인사건 범인으로 엉뚱한 15세 소년에게 누명을 씌운 동료 경찰관들과 검사의 압력과 위협에도 굴하지 않고 끝까지 진범을 밝혀낸 황상만 형사 등 우리에게도 소수의 용감한 '정의의 수호자'가 늘 존재했습니다. 이들 덕에 진실이 드러나고, 억울한 피해자가 누명을 벗고, 정의가 실현됐습니다.

'너 혼자 깨끗한 척하지 마라, 대의를 위해 어쩔 수 없이 작은 불법에 눈 감아야 할 때가 있다……' 우리의 정의감과 용기를 주저

앉히는 논리와 말들은 사라지지 않고 있습니다. 그리고 때때로 자신의 이익을 위해 혹은 서운한 조치에 대한 보복으로 허위 폭로를 하거나 사소한 문제를 과장한 사례들이 발생하면서 조직논리와 내 식구 감싸기 관행은 더욱 힘을 얻어 왔습니다.

대부분 시간이 흘러서야 진실이 드러나는 '소수 정의의 수호자'들의 용기는, 사실과 진상을 아는 주위 사람이 옆에 함께 서 주고 힘이 되어줘야 꺾이지 않고 거악의 큰 벽을 무너트릴 수 있죠. 그래서 그들에게 힘이 되어주는 주위 사람들 역시 용기 있는 '정의의 수호자'일 것입니다.

우리 사회 구석구석에서 진실과 정의를 위해 용기 있게 나서고 원칙과 소신을 지키며 자신의 역할을 다하는 '소수 정의의 수호자'들에게 뜨거운 지지와 응원의 박수를 보내는 오늘의 표정이었습니다.

함께 들으실 노래는 하현우의 〈돌덩이〉입니다.

2020.11.10.

음주 운전 단속기준을 강화하고, 처벌 형량을 크게 높인 '윤창호 법'의 시행에도 음주 운전 사고는 늘고 있습니다. 인도에 서서 햄 버거 사러 간 엄마를 기다리던 6세 어린이를 사망하게 한 50대 남 성, 치킨 배달을 하던 50대 가장을 치어 숨지게 한 인천 을왕리 남 녀, 추석날 꿈 많던 20대 대학생의 삶을 무너트린 화순 10대 고등 학생……. 참담하고 안타까운 사건들이 계속 발생하고 있습니다. 경찰청 통계에서도 올해 1~8월 사이 발생한 음주 운전 사고가 지 난해 같은 기간에 비해 16.6%나 증가했습니다. 누구나 피해자가 될 수 있는 '도로 위의 무차별 살인' 음주 운전, 살인이나 살인미수 에 해당하는 엄벌을 내려야 하지만, 예방책 마련 역시 시급합니다.

술을 마시면 알코올 분자가 대뇌 중추신경계 억제성 신경전달물 질인 GABA를 생성, 분비하는 GABA 수용체를 활성화해 다양한 변화를 만들어냅니다. 특히, 생각과 판단을 하는 신피질 기능을 전반적으로 억제하고 욕구와 충동 등을 관장하는 구피질 기능을 항진, 활성화 시키죠. 그래서 평소 하지 않던 무모한 행동, 지나친 발언 등을 하게 되고 억눌렸던 욕구를 발산하기도 합니다. 또한, 신체 균형과 반응 및 근육과 운동을 관장하는 소뇌 기능이 억제되 어 방향 감각이 흐려지고 주변 돌발 상황에 대한 반응이 느려집니 다. 당연히 개인 인격과 의지력 및 음주량에 따라 정도의 차이는 있지만, 수많은 범죄와 사고가 음주 후에 발생하는 이유고, 중동 등 이슬람 국가는 물론 과거 미국 등 기독교 국가에서 음주 자체를 범죄로 규정하고 금지한 배경입니다.

하지만 이런 신경학적인 이유로 음주 후 행한 범죄에 대해 주취감경을 적용하는 것은 과학적으로나 논리적으로도 옳지 않습니다. 본인의 의지와 판단력이 없거나 미약해질 정도로 취한 상태라면 소뇌 기능 약화에 따른 근육과 운동능력 저하로 인해 범죄 자체가 불가능해집니다. 이런 상태에서 휘청이거나 쓰러지다가 물건을 파손하거나 다른 사람에게 상처를 입힌 경우가 아니라면 평소 감추고 있던 범죄 욕구와 충동을 술의 힘을 빌려 드러내고 실행에 옮긴 것이기 때문에 책임을 덜어 줄 이유가 없습니다. 특히, 가정폭력 범죄자나 조두순 등 대부분 주취 심신미약을 주장하는 이들은 상습범입니다. 음주 후에 자신이 어떤 짓을 저지를지 이미 알고 있다는 이야기입니다. 오히려 가중처벌을 해야 하죠.

음주 운전 역시 마찬가지입니다. 차량 열쇠를 챙기고, 단속이나 주위 만류를 피하거나 제지하고, 문을 열고 시동을 켜는 일련의 행동에 사고와 판단이 작용합니다. 구피질 항진으로 인해 그릇된 자신감과 빗나간 욕구가 발현하는 반면, 소뇌 작용 억제로 인해 균형감각과 반응 및 운동능력이 떨어지게 되어 위험한 흉기로 변하게 됩니다.

경찰관들이 밤새 고생하며 하는 음주단속만으로는 역부족입니다. 혈중 알코올농도가 단속기준 이상이면 아예 자동차 시동이 걸리지 않게 하는 장치가 개발된 지 오래입니다. 1980년대 미국을 필두로 영국, 스웨덴, 노르웨이, 핀란드, 호주는 물론 최근에는 가까운 일본에도 도입되었습니다. 나라마다 차이는 있지만 음주 운전 경력자와 상업용 차량에는 의무화하고 일반 차량의 경우 보험료 인하 등 인센티브 부여로 설치를 확대 중입니다. 하지만 우리나라에서는 개당 200만 원의 설치비용을 누가 부담할지를 두고 옥신각신하면서 입법과 정책 수립을 미루고 있습니다. 세상에 생명보다 소중한 것은 없습니다. 국회와 정부는 당장 최우선 과제로 추진해 주시기 바랍니다. 안타깝고 참담한 생명 손상을 막을 방법이 눈앞에 있는데, 매일 어디에선가 우리 중 누군가를 향해 갑자기 달려드는 음주 운전 차량을 도대체 언제까지 참고 기다리고만 있어야 하는지······.

횡단보도를 건너며 바짝 긴장하고 좌우를 살피게 되는 오늘의 표정이었습니다.

함께 들으실 노래는 10cm의 〈이제 여기서 그만〉입니다.

2020.11.11.

부산 덕천 지하상가에서 있었던 한 남성의 폭행 영상이 충격적입니다. 알고 보니 가해자와 피해자는 연인 사이였다고 합니다. 당직 근무 중이던 상가관리사무소 직원이 CCTV 모니터를 보고 바로 112에 신고한 후 현장으로 달려가 피해자의 상태를 살폈습니다. 이미 가해자는 현장을 떠난 뒤였고, 바로 출동한 경찰이 사건을 접수하려 했지만, 피해자가 완강히 신고를 거부하고 귀가했습니다. 하지만 피해자의 처벌 의사가 있어야 처벌이 가능한 소위 '반의사불벌죄'인 단순 폭행과 달리 심한 상처가 발생하는 상해죄는 피해자 의사와 상관없이 처벌할 수 있기 때문에 경찰이 조사하고 있습니다. 가해자인 남자친구는 피해자인 여자친구가 휴대전화를 보여주지 않는다는 이유로 다투다가 무차별 폭행을 퍼부었다고 진술한 것으로 알려졌습니다. 지난달 경남 양산에서도 한 남성이 여자 친구에게 무차별적인 폭행을 가해서 전치 8주의 상해를 입힌 사건이 있었고 가해자 남성은 범행 한 달 만에야 구속이 되었습니다.

이뿐만이 아닙니다. 전국 각지에서 헤어지자는 여자 친구를 살해하거나, 일방적인 만남을 요구하다가 받아들여 주지 않는 여성과 그 가족에게 테러를 가하는 사건 등이 끊임없이 발생하고 있습니다. 경찰청 통계에 따르면, '연인 간 폭력' 건수는 2016년 9천 여건에서 2019년 거의 2만 건에 이르러 3년간 2배 이상 증가했습니다. 하지만 검거율은 오히려 90%에서 46%, 절반으로 떨어졌고 구속 비율도 5.4%에서 2.7%로 떨어졌습니다. 연인 간 폭력과 일방적인 구애 끝에 폭력을 행사하는 범죄는 크게 증가하고 범죄 양상도 흉악해지고 있는데 경찰과 검찰, 법원 등 형사사법 기관들은 미온적인 대처를 하고 있다고 볼 수 있습니다.

일선 경찰관들은 답답하다며 한숨을 쉬고 있습니다. 국회에서 스토킹 처벌법, 데이트폭력방지법 등이 제정되지 않아서 기존의 법을 적용하면 체포 요건이 안 되거나 구속영장이 반려되고, 피해자 보호 대책도 없기 때문입니다. 피해자 편에 서서 강력 대응하면 인권침해라는 이유로 민원이 들어오고, 심하면 형사 고소와 민사 손해배상청구 소송을 당하기도 합니다.

연인 간 폭력 그리고 이별범죄의 가해자 대부분은 결혼 후 가정폭력 가해자가 됩니다. 폭력을 당한 아이들은 자라서 다시 폭력 가해자가 될 가능성이 큽니다. 그렇게 폭력의 악순환은 계속되고 우리 사회는 폭력이 난무하게 됩니다. 가해자들은 대개 피해자와 상황을 탓하지만, 폭력의 원인은 100% 가해자에게 있습니다. 이들은 파트너가 바뀌고 상황이 변해도 적응 기간이 지난 후 다시 폭력을 행사하게 됩니다. 가장 본질적인 문제는 상대방의 거절이나 무시를 견뎌내지 못한다는 것이죠. 그 이면에는 소유욕, 통제욕이 도사리고 있고 이는 낮은 자존감에서 기인합니다. 자신이 인정받고 존중받는 느낌이 부족하다 보니 늘 무시나 거절 당할까 봐 두

렵고, 지금 연인이나 일방적으로 좋아하는 대상이 자신을 떠날 것 같은 두려움을 느껴 집착하거나 무리한 요구를 하다가 거절당하면 폭력을 행사합니다. 폭력의 근본 원인은 어린 시절 분리불안, 애정결핍 혹은 과보호, 학대 등으로 인한 트라우마인데 장기간 체계적이고 전문적인 치료를 받으면 나아질 수 있습니다. 스토킹처벌법과 데이트폭력방지법이 필요한 이유입니다. 유럽과 미국 등 여러 나라에서 '체포당하기 전에 치료받으세요Get help before get caught' 라는 캠페인을 벌이는 배경이고요.

폭력의 악순환을 끊으려면 가해자에게 치료와 교육 명령을 부과해야 합니다. 만약 치료와 교육을 제대로 받지 않고 폭력 문제가 재발하면 가중처벌해서 장기간 사회에서 격리해야 합니다. 그래야 매일 지옥 속에 사는 것 같은 집요한 폭력과 참혹한 강력범죄로부터 피해자들의 삶과 생명을 지킬 수 있습니다.

아동학대, 가정폭력, 학교 폭력, 군대 내 폭력, 직장 내 폭력의 피해자였지만, 그 피해를 자신에게서 중단시키고 다른 피해자에게 폭력을 행사하지 않음으로써 폭력의 악순환 고리를 끊어낸, 참으로 강하고 용기 있는 수많은 이웃에게 깊은 감사의 마음이 샘솟는 오늘의 표정이었습니다.

함께 들으실 노래는 송지은의 〈미친거니〉입니다.

* 2021년 4월, 「스토킹 범죄의 처벌 등에 관한 법률(스토킹 처벌법)」이 제정되었고, 2021년 10월부터 시행됩니다. 이 법으로 스토킹 행위에 최대 5년 또는 5,000만원 벌금형을 내릴 수 있게 되었습니다. 그러나 가해자 처벌에만 초점이 맞춰져 피해자 보호가 미흡하다는 지적과 함께, 전문가들은 '스토킹 피해자 보호법'도 만들어야 한다고 강조하고 있습니다.

2020.11.12.

관제시스템도 없는 위험한 지하철 자동스크린 센서 점검 수리 업무를 도맡아 밥 먹을 시간도 없이 고장 신호가 접수된 이 역 저 역을 뛰어다니다 결국 전동차에 치여 세상을 떠난 19세 김 군, 안전조치가 미비한 당진화력발전소 용광로 내부로 추락해 사망한 29세 노동자 김 씨, 태안화력발전소 컨베이어벨트 밑에 쌓인 석탄을 혼자서 긁어모으다 참혹하게 숨진 24세 김용균 씨, 세계 최고를 자랑하는 삼성전자 반도체와 LCD 공장에서 장기간 일하다가 백혈병과 암으로 사망한 황유미 씨 등 노동자들, 하루가 멀다고 발생하는 공사 현장 추락사, 이천 물류창고 화재 참사……. 노동자들만이 아니죠, 11년간 2천 명이 넘는 피해자가 발생해 최소 266명이 사망한 가습기 살균제 사건, 덜 익은 햄버거 패치를 먹고 장출혈성대장균에 감염되어 용혈성 요독증후군에 걸린 햄버거 병 사건…….

기업이 비용을 아끼기 위해서 안전 조치를 제대로 하지 않아 발생하는 사망, 중상 및 중증 질환. 피해자로서는 강도나 살인범에게 본 피해와 다를 게 없습니다. 어쩌면, 믿고 의지한 대상에게 본 피해라 오히려 그 충격과 상처는 더 클 수 있습니다. 가해 기업이나 공공기관, 지자체 혹은 정부는 생명 손상 피해가 발생할 가능성을 알고 있으면서도, 이를 막는 데 필요한 막대한 비용이나 귀찮고 까다로운 절차 대신, 피해자와 합의, 산업재해 보상, 과태료나 벌금, 기껏해야 실무자에 대한 가벼운 형사책임 정도로 때우는 게

낫다는 분위기가 팽배해 있습니다.

인간은 누구나 욕구나 충동이 있고 범죄는 가장 쉽고 간단하게 이를 충족하는 수단입니다. 하지만 우리 대부분은 범죄를 저지르지 않습니다. 범죄로 인해 얻는 이익보다 발각당할 때 잃게 될 것이 훨씬 크기 때문이죠. 성장 과정의 문제나 극단적인 상황, 이상 성격 등의 심각한 문제가 있는 극히 일부만 강력범죄를 저지릅니다. 그 결과 우리나라에서 한 해에 1천 건 내외의 살인사건이 발생합니다. 그런데 기업 등의 안전조치 미비로 사망하는 노동자는 하루 6명, 한 해 2천 명입니다. 가습기 살균제 같은 소비자 등의 피해까지 더하면 훨씬 더 규모가 크죠. 그 수가 살인 피해자의 2배가 훨씬 넘는 것은 물론, 기업의 부도덕 때문이라는 사실 자체가 유가족에게는 큰 충격입니다. 게다가, 일반 살인 사건과 달리 가해자가 처벌을 받지도 않고 충분한 책임을 지지도 않기 때문에 더욱 억울합니다.

영국은 이미 2007년에 「기업 살인법」을 제정해서 시행 중입니다. 기업이 법과 규정을 위반한 결과로 사람이 사망한다면, 그 위반의 정도와 책임의 크기에 따라 실무 책임자는 물론 법인과 최고경영책임자까지 처벌할 수 있도록 한 것입니다. 다만, 일반 살인과 달리 피해 배상, 재발방지 대책 마련, 혐의사실 공개 및 책임의 크기와 피해 규모에 따라 징벌적 벌금을 포함한 무제한 벌금형으로 처벌합니다. 법 시행 후 10년간 26건의 유죄 판결이 내려졌고 피해 배상금 외에 최소 8천 파운드 (약 1천2백만 원)에서 최고 120만 파운드(약 17억 원)까지의 벌금형이 선고되었습니다. 영국과 유사한 기업살인법을 시행 중인 미국 등 다른 나라도 사정은 유사합니다.

우리 기업들의 우려와 달리 기업살인법 때문에 기업 활동이 위축되거나 망한 사례는 없습니다. 안전 비용은 당연히 증가하겠지만, 그 결과 노동자들의 안전감과 소비자의 신뢰도가 향상되고 노사 분규를 감소시켜 오히려 생산성과 기업 및 상품의 이미지가 개선되는 긍정적인 효과가 있다는 연구결과도 보고되고 있습니다. 영국의 기업살인법보다 대상과 규모와 제재가 훨씬 약한 중대재해 기업처벌법이 현재 국회에 발의되었고 각 당이 추진하겠다고 합니다. 지금 이 기회를 놓친다면 다시 우리는 예정된 참사 앞에서 마치 몰랐다는 듯, 연기를 하는 높은 분들의 모습을 계속 봐야 할지도 모릅니다. 오늘의 표정이었습니다.

함께 들으실 노래는 김수철의 〈못다 핀 꽃 한 송이〉입니다.

* 2021년 1월 8일 국회에서 안전 · 보건 조치의무를 위반하여 인명피해를 발생하게 한 사업주, 경영책임자의 처벌을 규정한 「중대재해 처벌 등에 관한 법」이 통과되었습니다. 하지만 법의 취지를 충분히 살리지 못한 내용을 다수 포함하고 있어 이후 반드시 개선되어야 합니다.

2020.11.13.

이만희 신천지 총회장이 보석으로 풀려나자 이단 신천지 피해자들이 '가슴이 무너져 내린다'는 입장문을 발표했습니다. 지난 2월 대구 코로나 19 감염 확산의 주범인 신천지의 교주 이만희는 밀접접촉자를 전원 확인해 진단 검사와 격리, 치료하려는 방역 당국을 속이고 교인 명단과 교육과 회합 장소 및 시설 등을 숨겨 방역 업무를 방해한 혐의로 구속되어 재판을 받고 있습니다. 이만희는 그 외에도 교회 자금 56억 원을 빼돌리고 공공시설에 무단 진입해서 여러 차례 행사를 개최한 혐의도 받고 있습니다.

이만희 보석 허가 결정은 당연히 법 전문가인 판사가 상황과 법리를 자세히 검토해 내린 결론이겠죠. 법원은 고령에 건강 악화, 성실히 재판에 임한 태도 그리고 이미 증거 및 증인 조사가 상당히 진행되어 증거인멸 우려가 없다는 점 등을 보석 허가 사유로 들었습니다. 하지만 가족이나 재산 등을 신천지에 빼앗겨 삶이 무너지고 망가졌다고 주장하는 피해자들은 이만희 보석 허가 결정이 신천지 집단과 사회에 잘못된 신호를 보내 추가 피해를 확산시킬 것이라고 경고합니다. 자신을 스스로 신격화하며 영생한다고 주장한 이만희는 구속되자 갑자기 병들고 약한 노인으로 변해 구속상태가 계속되면 죽을 것 같다며 살려달라고 애걸하는 자기모순을 드러냈죠. 하지만 신천지 집단이나 그들의 포섭 대상자들에겐 법원의 보석 허가 결정이 '이만희 교주가 승리했다'는 선동의 도구로 이용될 우려가 큽니다.

프로파일러로 일하며 옥황상제를 믿는 한 종교 집단 청부살인 사건의 피의자를 심층 면담한 적이 있습니다. 범인은 자신과 아무 관계도 없는 대학 교수의 집에 침입해 60대 부부를 잔혹하게 살해했는데 교단의 살해 지시를 시인하지는 않았지만, 어떻게 교인이 되었고 교주 등 지휘부의 신임을 얻은 과정과 왜 교주를 비판하던 대학 교수를 미워하게 되었는지는 상세하게 진술했습니다. 교단에서는 연이은 실패와 좌절에 낙담하던 그를 환영하며 존중해줬고, 그는 새로운 삶이 주어진 느낌을 받았다고 합니다. 점점 교단 내 직책과 지위도 올라가며 성취감과 만족감이 향상되었고, 그 사이 자신과 가족의 전 재산을 기쁜 마음으로 교단에 기부했죠. 그러던 중, 교단의 교리와 교주의 언행을 신랄하게 비판하는 대학 교수에 대해 교주와 높은 분들이 분노하고 걱정하며 자신에게까지 하소연하는 모습을 보고는 살인을 결심했다고 합니다. 범행 동기와 실행 과정의 차이에 대한 신문 끝에 그는 결국 그와 교단의 연결고리인 행정실장의 살해 지시를 인정했습니다. 하지만 이미 행정실장은 스스로 목숨을 끊은 뒤였죠.

이 사건 외에도 교주의 여성 신도 성폭행 사건 등으로 큰 물의를 빚은 기독교 계열 이단 종교와 종말론을 주장하며 비난 대상이 된 종교 집단에 가입해 무리한 포교활동을 벌여 복무규율 위반 문제가 불거진 경찰관 등 공무원들을 면담하는 과정에서도 유사한 심리와 포섭 과정을 발견했습니다. 이들 유사 사이비 종교 교단에는 자신을 스스로 신격화한 교주를 보좌하고 지원하는 측근들이 있습니다. 이들 중에는 법조인이나 의료인, 고위 공무원 혹은 교수 등 일반 신도들이 믿고 따를 수밖에 없는 신분과 외형을 가진 이들이 반드시 있습니다. 이들은 마치 조희팔이나 주수도 등 불법 피라미드 다단계 사기 집단의 위 단계처럼 큰 수익과 보상을 누립니다. 맨 아래 단계 평신도들이 헌납한 재산과 노동 등으로 이루어진 돈이죠.

다양한 사이비 종교와 금융사기, 유형은 다르지만, 그 운영원리는 흡사합니다. 코로나 19같은 감염병, 경제 공황, 사회혼란 등 세상이 힘들고 어지러울 때 누군가에게 의지하고 싶은 인간의 보편 심리를 파고들어 이용합니다. 피해자 개인에게 모든 책임을 돌리기엔 사회적 해악이 너무 크고 선동과 현혹 과정에 유력인사와 공공 기관의 공신력이 이용되는 등 공적 책임도 상당합니다. 정부와 국회, 사법부는 '종교의 자유'라는 구호 뒤에 비겁하게 숨지 말고 적극적인 대책 마련에 나서야 합니다. 책임 있는 자의 방관은 공범의 다른 말입니다.

거짓 종교와 허울 좋은 사기꾼들의 달콤한 현혹으로부터 상식과 합리를 지켜내자고 다짐해보는 오늘의 표정이었습니다.

함께 들으실 노래는 이매진 드래곤스의 〈Believer〉입니다.

2020.11.16.

한 국공립 어린이집 교사가 원장으로부터 직장 내 괴롭힘, 갑질 피해를 받았습니다. 원장은 그 교사와 다른 교사들 사이를 이간질하고 아동학대 허위신고까지 하면서 학부모들과의 사이도 갈라놓았죠. 심각한 우울증까지 겪으며 다 포기하고 그만둘까 생각하기도 했던 이 교사는 다시 주먹을 불끈 쥐고 용기를 냈습니다.

작은 눈송이 같은 이 교사의 용기와 노력, 혼자라면 녹아 없어졌겠지만, 그에겐 함께 눈덩이를 만들어 준 다른 눈송이들이 있었습니다. 동료 교사들, 그리고 정의를 위해 불편함을 택한 학부모들, 직장갑질 119라는 민간공익단체.

구르며 커지는 눈덩이 같은 효과가 발생해 드디어 원장의 전횡과 갑질로 부실해진 아이들의 급식, 교사들에 대한 부당한 괴롭힘과 불법적인 지시들을 확인한 시의회에서 결국 원장에 대한 위탁해지를 요구했습니다. 원장은 해촉되었고, 해당 어린이집은 사회서비스원의 위탁을 받아 운영되고 있습니다.

불가능해 보였던 일이 실현된 것입니다. 그 시작은 아주 작은 눈송이 같은 한 사람의 의지와 용기 그리고 노력이었습니다. 하지만 그 한 사람의 몸부림으로 끝났다면 좌절했을 수도 있습니다.

인류 역사의 위대한 진보 중에는 이렇듯 한 사람의 힘에서 시작되어 그 용기 있는 한 사람을 외면하지 않고 옆에 서 준 사람들이 만들어 낸 '눈덩이 효과'의 결과가 참 많습니다.

물론, 여건이나 상황의 차이로 주변에서 동참하지 않아 언덕을 굴러 내려오며 점점 커지는 눈덩이가 되지 못하고 녹아 없어지는 안타까운 용기와 도전도 무척 많습니다. 지금 이 순간에도 고군분투하는 우리 곁의 수많은 눈송이들에 격려와 응원을 드립니다.

벌써부터 눈이 그리워지는 오늘의 표정이었습니다.

함께 들으실 노래는 마야가 부르는 〈나를 외치다〉입니다.

2020.11.17.

갓 난 아기를 입양한 뒤 학대하다가 생후 16개월 만에 살해한 양부모를 무겁게 처벌해 달라는 청와대 국민청원에 관심이 집중되고 있습니다. 그 전에 세 번이나 학대 의심 신고가 있었지만 양부모 말만 믿고 돌려보낸 경찰에 대한 비판 목소리도 높습니다. 아기를 낳았지만 기를 수 없는 엄마들을 위해 서울 관악구에 있는 한 교회가 마련한 베이비 박스 앞에 밤새 놓여 있던 아기가 숨진 채 발견되고 경찰 수사 끝에 엄마가 체포되기도 했죠. 그런가 하면, 갓 태어난 아기를 팔겠다고 중고거래 사이트에 아기 사진을 올린 엄마도 경찰에 붙잡혔습니다.

경찰청 통계에 따르면 해마다 127명의 영아가 유기되고, 한 달에 1명의 영아가 살해됩니다. 통계에 잡히지 않는 암수 범죄는 훨씬 많을 것입니다. 이혼 후 법정 양육비도 지급하지 않는 나쁜 부모들, 아동 학대와 학업 스트레스 등으로 인한 아동 자살 문제까지 그야말로 대한민국 아기와 어린이들은 심각한 위기에 처해 있습니다. 그동안 아동학대 방지법도 제정되었고, 저출산 문제가 심각하다며 지난 15년 간 역대 정부가 쏟아 부은 예산만 225조 원이 넘지만 출산율은 더 낮아지고 있고, 그나마 어렵게 태어난 수많은 아기가 채 크기도 전에 스러지고 있습니다. 도대체 뭐가 잘못된 것일까요?

문제의 핵심은 관점입니다. 대한민국 법과 제도, 정책과 예산은 모두 투표권을 가진 유권자인 부모, 어른들의 관점에 맞춰져 있습니다. 유권자인 부모, 혹은 잠재적 부모를 달래고 그들의 표를 얻기 위해 다양한 혜택을 주면서 이를 '저출산 예산', 혹은 '아동 복지 예산'으로 포장하고 있습니다. 물론, 부모가 행복해야 아이들이 행복하고, 주거와 일자리 문제가 해결돼야 결혼도 하고 아기도 낳습니다. 문제는, 그 목적의 예산과 법 제도는 따로 있다는 것입니다. 중복과 누수, 비효율과 낭비 문제가 제기되는 이유입니다.

역사와 문화, 상황이 다르긴 하지만, 아동권리 문제에 우리보다 일찍 접근한 나라들은 관점이 우리와 정반대입니다. 뉴질랜드의 '아동부', 미국과 영국, 캐나다 등 여러 나라에서 운영하는 '아동 보호청' 등 정부조직으로부터 아동법을 비롯한 법제도, 그리고 예산 편성까지 부모가 아닌 아동의 안전과 권리, 행복을 지키는 국가의 의무에 그 목적과 초점, 집행이 집중되어 있습니다.

'자녀는 부모의 소유물이 아니다, 한 명의 어린이를 키우기 위해 온 마을이 필요하다……' 온갖 좋은 말은 다 하면서 아기들과 어린이들을 죽음과 고통과 스트레스의 위협 속에 버려두고 있는 우리는, 100년 전 어린이 권리를 위해 평생을 바치셨던 소파 방정환 선생에게 부끄러운 모습이 아닐는지요?

까르르 웃는 아기의 얼굴이 무척 그리운 오늘의 표정이었습니다.

함께 들으실 노래는 아이유와 김창완이 함께 부르는 〈너의 의미〉입
니다.

2020.11.18.

오륜정보산업학교의 다른 이름은 부산소년원입니다. 범죄를 저지른 미성년자가 소년법에 따라 최소 6개월, 최대 2년까지 수용되는 시설입니다. 최근에 이 학교 학생 10명이 출전한 요리경연대회에서 전원이 수상해서 화제입니다.

하루가 멀다고 발생하는 촉법소년 범죄, 미성년 무면허 운전 사망사고 등의 피해자를 생각하면 가해자를 무겁게 처벌하고 혹독한 수형생활을 해야 한다고 생각되지만, 두 가지가 마음에 걸립니다. '아이들이 올바른 부모, 인간적인 환경에서 자랐다면 다르지 않았을까? 그리고 혹독한 처벌과 그에 따른 사회적 낙인으로 더 무서운 괴물, 강력 범죄자로 크게 되지 않을까?' 하는 점입니다. 한국청소년정책연구원 조사에 따르면, 우리나라 소년범의 재범률은 거의 40%에 육박합니다. 이중 절반은 3범 이상이고요.

범죄사회학자들은 광범위한 실증조사를 통해 청소년 범죄를 막는 4개의 힘이 있다고 말합니다. 애착, 전념, 참여, 신념. 이 4가지 중 하나라도 제대로 작동한다면 강력 범죄만은 막을 수 있다는 것이죠. 오륜정보산업학교 학생들이 그 실제의 예가 아닐까 싶습니다. 자신에게 관심과 믿음을 가진 누군가가 있고 그와 연결되어 있다는 '애착', 무엇이든지 자신의 모든 것을 쏟아 붓는 '전념', 작은 역할이라도 자신의 자리를 찾는 '참여', 그리고 결코 범죄를 저지르지 않고, 가치 있는 삶을 살겠다는 '신념'. 저 역시 지난 30년 가까이 경찰관으로, 그리고 프로파일러로 일하면서 얻게 된 확신이 있습니다. 수많은 연쇄살인범, 연쇄 성폭행범, 무차별 폭행범 등 흉악 강력 범죄자들에게선 위 4가지가 끊어지고 사라지고 없다는 공통점을 발견했습니다. 우리 사회가 아동학대와 소년 범죄에 더 많은 관심을 기울인다면, 그래서 끊어진 사회와의 유대를 이어줄 수만 있다면, 이들이 흉악 강력범죄자로 크는 과정을 차단할 수 있고 피해자와 가족들의 억울함과 상처를 미리 막을 수 있다는 것입니다.

요리 경연대회에서 입상한 오륜정보산업학교 학생들과 지도 선생님들에게 힘찬 박수를 보내며, 그 '애착'과 '전념'이 전국 소년원과 청소년 선도 기관과 시설로 확장되길 바랍니다. 그리고 보호처분 기간 이후 사회 속에 제 자리가 마련되는 '참여'와 범죄가 아닌 의미 있고 가치 있는 삶에 대한 강한 '신념'으로 굳어지게 되길 기원합니다.

학창시절에 선생님들로부터 불량학생으로 낙인찍혔던, 하지만 우리에겐 그저 재밌고 순수한 친구였던 아이들의 얼굴이 보고 싶어지는 오늘의 표정이었습니다.

함께 들으실 노래는 YB의 〈나는 나비〉입니다.

2020.11.19.

2002년 유네스코 지정 생물권 보전지역, 2007년 세계자연유산 등록, 2010년 세계지질공원 인증……. 청정 환경 보고 제주도 이야기입니다. 이런 제주도에 관광객이 몰리고 무분별한 개발이 이어지며 환경파괴 문제가 심각해지자 2017년 제주도청이 '국립공원 확대 지정'을 환경부에 요청했습니다. 환경부는 제주도의 요청을 받아들여 '제주 국립공원 확대지정 타당성 연구용역'을 시행했고, 기존 한라산 국립공원에 오름, 곶자왈 등 환경자산을 추가해 총 610㎢로 국립공원을 확대하는 안을 제시했습니다. 하지만 해당 지역 주민의 생계와 사유재산권 침해 논란이 일면서 절반에도 미치지 못하는 303㎢로 대폭 축소해 추진하기로 했습니다.

주민 생계와 사유재산권은 헌법상 기본권이며 중요한 가치입니다. 결코, 국가나 사회 혹은 강자나 다수의 힘으로 강제로 침해하거나 제약해서는 안 되죠. 하지만 환경은 우리가 다음 세대로부터 잠깐 빌려 쓰고 잘 보존해서 물려줘야 할 모두의 책무이자 채무입니다. 이 두 가치를 잘 조율하고 조정해서 지혜로운 결과를 도출해 내는 것이 우리 사회와 국가의 역량 아닐까요? 대한민국은 한 해 555조 원이 넘는 슈퍼 예산을 편성해 사용할 수 있는 나라입니다. 물론, 여전히 코로나 19 여파 등으로 인한 경제, 먹고사는 문제가 위중하긴 하지만, 지금 당장의 문제만이 아니라 미래와 환경 문제를 더 신중하게 여기고 대처할 수 있는 여건이 마련되지 않았을까요?

환경부가 발표한 자연공원 기본계획에 따르면, 대한민국 국민 1인당 국립공원 면적은 80㎡에 불과합니다. 일본은 우리의 3.5배, 미국은 35배, 캐나다는 무려 71배에 달하죠. 같은 자료에서 환경부는 이마저도 "탐방객 증가로 훼손 면적은 확대되고 있으며, 예산 부족에 따른 복구지연으로 훼손지역은 매년 넓어지는 실정"이고 "공원 기초시설 확충을 위한 소요예산이 절대적으로 부족하고…… 공원 내 주민 이주를 위한 예산이 막대하게 소요되어 공원 정비사업이 지연되고 있는 실정"이라고 부끄러운 실태를 밝히고 있습니다. 제주나 국립공원만의 문제가 아니라 국토 녹지비율과 도시공원 비율 모두 심각한 수준입니다.

조상이 물려 준 삼천리금수강산을 우리 세대가 콘크리트와 쓰레기 더미로 변모시키는 것으로도 모자라 아예 후대에서조차 복구가 불가능한 오염지대로 만들고 있는 것은 아닌지 걱정입니다. 그동안 먹고 살기 위해 어쩔 수 없이 깎고 밀고 훼손하고 더럽힌 우리 국토, 더 늦기 전에 남은 곳이라도 보존해서 후손에게 물려줘야 합니다.

30년 전 산방산이 보이는 제주 하예마을 해안 초소에서 소대장으로 근무한 1년 간 감사와 감탄으로 만끽했던, 개발되기 전 청정 제주의 풍경이 너무도 그리워지는 오늘의 표정이었습니다.

함께 들으실 노래는 성시경의 〈제주도의 푸른 밤〉입니다.

2020.11.20.

지금 우리 축산업계는 소위 '분뇨 대란'에 대한 걱정이 커지고 있습니다. 가축분뇨를 환경오염물질로 지정하고 규제를 강화하는 대기환경보전법 시행규칙 개정안 발효를 앞두고 있기 때문입니다. 미국 내 공해배출 산업의 이익을 지키기 위해 파리기후협약을 전격 탈퇴한 트럼프의 패배와 친환경을 가장 중요한 공약으로 선언한 미국 바이든 대통령 후보의 당선이 확실시되면서 앞으로 환경 규제는 더욱 강화될 것으로 전망됩니다.

15년 전 뉴질랜드에서는 방귀세를 신설하려고 추진했습니다. 소나 양 등 가축이 배출하는 방귀에 세금을 매기는 거죠. 해외토픽이라며 웃음거리로 회자되던 기억이 떠오릅니다. 하지만 실제로 에스토니아는 방귀세를 운영 중입니다.

지구 밖으로 배출되어야 할 태양 적외선 복사열을 흡수했다가 다시 지구 표면으로 돌려보내는 온실가스는 지구 온난화, 기후변화의 주범입니다. 이 중 특히 각종 산업 활동과 생활 편의를 위한 인위적 활동으로 만들어진 이산화탄소와 메탄, 아산화질소 및 프레온 등이 문제죠. 방귀세를 부과하는 이유는 온실가스에 속하는 메탄가스 중 약 13.5%가 가축의 방귀나 분뇨 때문이라고 추정되기 때문입니다.

메탄가스 외에도 축산업으로 인해 발생하는 수질과 토양 오염 문제도 심각합니다. 좁은 공간 안에 가두고 키우는 밀집형 공장식 사육 방식으로 인한 항생제 남용과 전염병 창궐도 큰 문제입니다. 하지만 육류 등 축산물 수요는 폭증하고 영세 축산 농가들은 오염 방지 시설과 넓은 공간을 감당할 여유가 없습니다.

한 편으론 메탄가스 감소를 위해 육류 소비를 줄이고 채식 위주의 식사 습관을 기르는 노력을 해야할 듯합니다. 다른 한편으론 장기적이고 체계적인 국가의 관리와 지원이 필요합니다. 마침 채식주의 바람이 불고 있고 동참하는 숫자도 점점 늘고 있습니다. 그런데 먼저 앞서 나가야 할 국가와 지방자치단체, 공공기관, 어디에서도 채식주의자를 위한 식단은 마련되어 있지 않습니다. 심지어 채식주의자인 외국 고위 관료나 국회의원 등이 자주 방문하는 국회 식당과 정부 청사 식당 역시 채식주의 식단이 없습니다. 특별한 VIP 손님일 경우 부랴부랴 별도로 특별한 채식 식단을 마련하느라 실무자들이 고초를 겪습니다. 학교에서도 채식주의 급식 얘기를 꺼내는 학생은 이상한 아이 취급당하고 따돌림을 받는다는 이야기도 들립니다.

영국 맨부커 상을 받은 소설가 한강의 『채식주의자』가 역대 베스트셀러 상위권에 있는 나라의 현실이라고는 믿기지 않습니다. 소설 속 아버지가 딸에게 육식을 강요하는 폭력은 잔인하고 부당합니다.

육식을 대체할 수 있는 식물성 단백질 식품을 만드는 기술과 산업이 발달하고 있습니다. 이와 함께 서서히 육식을 줄여나가고 그에 발맞춰 축산 농가들의 환경개선과 전업 지원을 추진해 나가야 합니다. 우리가 먼저 나서지 않으면 미국과 유럽 주도의 국제적 규제와 제재에 떠밀려 더 비극적인 '축산대란'이 야기될 우려가 크기 때문이죠.

가로수 줄기와 가지가 소설 『채식주의자』의 주인공 영혜를 떠올리게 하는 오늘의 표정이었습니다.

함께 들으실 노래는 백예린이 부르는 〈지켜줄게〉입니다.

2020.11.23.

대검찰청에 따르면 작년 한 해 동안 총 47만 건의 사기, 무고, 위증 등의 거짓말 범죄가 발생했습니다. 역대 최고 기록입니다. 오랫동안 나라를 온통 정쟁으로 몰아넣는 사건들 역시 누군가의 거짓말 때문입니다. 거짓말 때문에 대한민국이 몸살을 앓고 있습니다. 그로 인해 우리는 불신 사회에 살고 있고, 이로 인한 사회비용은 천문학적입니다.

거짓말은 사실 인간의 본능 중 하나입니다. 어린이들이 잘못을 저질렀을 때, 자기 자신을 보호하기 위해 가장 쉬운 선택인 거짓말을 하게 되죠. 심리학에서는 이를 '방어기제'라고 합니다. 하지만 거짓말이 들켜 오히려 더 혼나게 되고, 저지른 잘못보다 이를 감추려는 거짓말이 더 나쁘다는 교육을 받으면서 거짓말이 아닌 솔직함, 정직을 택하는 용기를 배우게 되죠. 이 과정을 우리는 '사회화'라고 부릅니다. 가정과 학교, 그리고 사회의 '사회화' 체계가 얼마나 잘 이루어졌는지에 따라 거짓말과 거짓말 범죄의 발생 빈도가 달라집니다.

우리가 지금 거짓말 때문에 몸살을 앓는 이유는 그동안 우리 교육과 정치 등 '사회화' 체계가 잘못 작동되었기 때문이죠. 거짓말 대신 정직을 택하는 용기는 쉽게 길러지지 않습니다. 촘촘하게 설계된 교육과정과 학교생활 지도, 그리고 이에 부응하는 가정 교육을 통해서 서서히 몸에 배게 되는 것이죠. 거짓말엔 불이익, 정직엔 보상이 뒤따르는 '고전적 조건화', 거짓말을 택하면 불이익으로 이어지는 과정을 통해서 스스로 깨우치게 하는 '조작적 조건화', 거짓말이 처벌받고 정직이 보상받는 사례들을 보며 배우게 되는 '사회적 학습', 이러한 3단계 사회화 장치가 잘 작동할 때 그 사회엔 거짓의 총량이 줄어들게 됩니다.

그런데 우리는 그동안 촘촘한 사회화 기제의 설계와 작동이라는 어렵고 수준 높은 교육보다는 아이들을 서로 경쟁시켜 성적을 향상시키는 데만 집중했습니다. 정치인들은 권력과 이념이라는 더 큰 가치를 위해서라면 거짓말을 해서라도 위기를 넘기고 자리를 지키고, 지지를 유지하는 것이 더 낫다는 태도와 모습을 계속 보였고, 전 사회는 언론과 방송을 통해 이들을 보고 욕하면서도 이들의 모습을 그대로 학습해 왔습니다. 학생이 공부를 잘하면 거짓말을 해도 칭찬받고, 정치인이 힘이 있고 다수의 지지를 받으면 거짓말을 해도 박수받는 사회에서 거짓말과 거짓말 범죄가 횡행하는 것은 결코 놀랄 일이 아니겠죠.

이제부터라도 솔직한 사람, 정직한 사회를 위한 노력을 시작해야 합니다. 자기소개서와 추천서를 믿을 수 있는 사회, 직무나 수학능력과는 큰 상관이 없는 객관식 필기시험에만 의존하지 않아도 되는 사회, 공적인 업무가 공정하게 처리될 것이라는 믿음이 지배하는 사회, 정치인과 정당의 말과 공약을 신뢰할 수 있는 나라가

절실합니다. 솔직한 사람이 손해 보지 않는 정직한 사회엔 신뢰 자산이 커지고 거짓말로 인한 사회 비용은 낮아집니다. 이는 결국 모두에게 복지와 행복으로 돌아가게 되죠.

부모님께 '넌 거짓말을 하면 얼굴에 그대로 나타나' 라는 말과 함께 눈물 쏙 빠지게 혼난 뒤 얼굴에 어떻게 표시가 나는지 알고 싶어서 거울을 봤던 어린 시절의 추억이 떠오르는 오늘의 표정이었습니다.

함께 들으실 노래는 비욘세가 부르는 〈Honesty〉입니다.

2020.11.24.

사흘 전, 11월 21일은 박찬순 여사의 74번째 생일이었습니다. 이 날은 박 여사의 세 딸에겐 가장 슬픈 날, 다른 이름 모를 4명에겐 가장 감사한 날이 되었습니다. 계단에서 쓰러져 뇌사 상태에 빠진 박 여사의 평소 뜻이었던 장기 기증이 이루어진 날이었기 때문입니다. 평생 기독교인으로 어려운 이웃에게 사랑을 실천하고, 정성을 다해 세 딸을 키우며 나눔을 강조했던 박찬순 여사는 8년 전 뇌종양 수술을 받기 전 생명 나눔의 의지를 강하게 밝히면서 장기기증을 결심했다고 합니다. 박 여사의 참사랑을 물려받은 세 딸 역시 큰 슬픔 속에서도 '엄마의 몸 일부가 어딘가에 살아 있을 테니 마음속에 엄마를 품고 살 수 있을 것'이라면서 장기기증에 동의했습니다.

우리 귀에 맴도는 노래, 시간이 날 때마다 찾아보는 영화와 드라마, 책 속에는 사랑 얘기가 넘칩니다. 모든 종교, 모든 성직자도 늘 사랑을 강조하죠. 정치인들도 중요 종교행사마다 찾아 사랑을 실천하겠다고 약속하고요. 그런데 세상은 왜 이리 차갑고 매정하고 메말라 있을까요? 분노와 공격, 상처와 억울함이 넘쳐흐를까요? 넘치는 말 중 일부라도 진정성과 실천을 담고 있다면 이렇진 않을 텐데요.

그래도 우리에겐 희망이 있습니다. 박찬순 여사와 세 따님 같은 실천하는 사랑이 늘 우리 곁에 있으니까요. 돈, 권력 같은 것이 없어도 가족과 친지 그리고 이웃에게 사랑의 말과 행동, 공감과 위로를 주고받는 멋진 보통 사람들로 가득 차 있으니까요.

역사 기록에 남지 않을 이름들, 언론 방송에 등장하지 않을 평범한 삶이지만 그분들의 사랑만큼은 잘 보이지 않는 곳에서 세상을 치유하고 사람을 살리고 있죠. 그게 바로 대한민국의 힘, 인류의 힘이라고 믿습니다. 늦었지만 박찬순 님의 74번째 생일을 축하드리며, 새 생명을 받은 4명의 수혜자와 함께 깊은 감사를 드립니다.

스쳐 지나는 모든 분에게서 박찬순 님의 미소가 보이는 것 같은 오늘의 표정이었습니다.

함께 들으실 노래는 엑소의 〈For Life〉입니다.

2020.11.25.

피 말리는 긴장 속에 던지고 치고 뛰며 인간 체력의 한계까지 넘나드는 접전 끝에 한국시리즈 우승이 확정되는 순간, 울음을 터트린 NC다이노스 주장 양의지 선수, 오스트리아에서 국가대표 주장으로 A매치 경기를 마치고 곧바로 영국으로 가서 맨체스터 시티를 상대로 결승 골을 넣은 손흥민 선수……. 이런 운동선수들이 인간의 한계를 넘어서 투혼을 발휘하는 비결은 바로 회복 탄력성입니다.

우리 몸의 근육은 훈련을 반복하면 미세하게 찢어지지만, 휴식을 취하고 영양을 섭취하는 사이 찢어진 부분에 새 살이 돋고 근육이 커지면서 강해집니다. 이것을 회복 탄력성이라고 합니다. 폐활량, 순발력, 민첩성 등이 향상되는 것도 같은 원리입니다. 여기에 전술 이해력, 순간 판단력, 감정과 욕구 조절 능력 및 동료와의 소통과 협력 능력 등 운동지능과 감성적인 능력 역시 중요합니다. 만약, 정신력을 강조하면서 적절한 휴식 없이 무리한 훈련과 시합만을 반복하면 어떻게 될까요? 회복 탄력성을 향상하지 못한 육체는 부상을 자주 입게 되고, 부상 부위는 만성질환이 되서 경기력이 저하될 수밖에 없죠. 그렇게 되면 실수나 패배의 고통을 견디고 '잘할 수 있다', '승리할 수 있다'라고 자신을 스스로 다독이는 심리적 회복 탄력성 역시 약화할 수밖에 없습니다.

회복 탄력성은 운동선수뿐만 아니라 우리 모두에게 중요합니다. 사람은 신이 아니므로 실수나 잘못을 저지를 수 있습니다. 실패하기도 하고, 지기도 하며, 자기 자신과 주위 사람을 실망하게 하기도 하죠. 마치 운동선수의 근육이 계속 찢어지고 그 부위에 새 살이 돋는 것처럼 우리의 삶 역시 상처와 고통, 그 뒤에 휴식과 위로를 거치며 험한 세상을 견딜 힘을 다시 키우게 됩니다.

실수나 실패를 하지 않기 위해 노력하는 것 보다, 실수 혹은 실패를 했을 때 필요한 휴식을 취하고, 서로 위로하고 다독여주는 노력이 필요합니다. 인생은 긴 마라톤이고, 그 길 위에는 반전과 역전의 드라마가 늘 우리를 기다리고 있습니다. 회복 탄력성을 키우며 함께 끝까지 가 봅시다.

아주 오랜만에 했던 운동으로 근육통을 앓고 있는 오늘의 표정이었습니다.

함께 들으실 노래는 옥상달빛이 부르는 〈달리기〉입니다.

2020.11.26.

어제 회복 탄력성에 대해 말씀을 드렸는데요, 회복 탄력성은 사람 뿐만 아니라 도시와 나라에도 매우 중요합니다. 재난과 재해로 다치고 상처 입은 도시나 나라도 회복 탄력성을 얼마나 잘 갖추고 있느냐에 따라 재난 재해 이후의 모습은 차이가 큽니다.

최악의 회복 탄력성을 보여주고 있는 곳이 바로 일본 후쿠시마죠. 2011년 발생한 지진과 쓰나미로 인해 대규모 원전 폭발과 방사능 유출 사고로 이어진 후쿠시마는 9년이 지난 지금까지도 유령도시, 폐허 상태입니다. 가까스로 후쿠시마를 탈출한 이재민들은 차별을 당하고, 복구 작업에 투입된 노동자들은 사망하기도 했습니다. 게다가 대량의 오염수를 바다로 흘려보내겠다는 반지구적 시도를 하고 있어 국제사회의 분노마저 사고 있습니다. 반면에, 같은 해인 2011년에 대지진이 발생한 뉴질랜드 크라이스트처치는 회복 탄력성 모범 도시로 거듭났습니다. 당시 대지진으로 166명이 사망하고 도시 기능 대부분이 파괴되어 당시 존 키 총리가 '뉴질랜드 역사상 최악의 날'이 될 것이라고 표현할 정도로 큰 피해를 당하였지만 도시 전체를 회복탄력성 개념에 맞춰 재설계하고 30년 재건사업을 시작한 것입니다. 그 핵심에는 피해자 치료와 이재민 생활 보호 및 원상회복 지원은 물론, 극심한 스트레스 등 심리적 치유와 이웃 공동체의 포용과 동참 체제 구축 등 '심리적 회복 탄력성'이 있습니다.

마치 심한 운동이나 부상 후 건강한 다른 신체 부위는 휴식을 취하는 사이 찢어지고 상처 난 근육의 회복을 위해 온몸의 혈액과 영양분을 집중적으로 공급하는 사람 몸의 회복 탄력성처럼, 다치고 상처 입은 피해자와 지역의 치유와 회복을 위해 도시 전체가 한 몸처럼 기능하는 '도시 회복 탄력성'을 구축한 것입니다.

우리는 어떤가요? 지난여름 집중호우 피해는 이미 관심에서 사라졌습니다. 지역 복구는 더디고 이재민들은 조립식 임시주택에서 겨울을 보내야 합니다. 지난해 발생한 강원도 산불 피해 주민 역시 마찬가지입니다. 그나마 3년 전 막대한 지진 피해를 당한 포항 지역의 경우, 최근에 정부에서 「포항지진특별법」 개정안을 발의해서 실질적 피해구제의 길이 열렸습니다. 하지만 그동안 피해자 대표자 모임과 지원 단체 등에서 줄곧 제기한 '도시 전체의 회복 탄력성' 구축까지는 갈 길이 멉니다. 우리 몸이 감염되거나 상처 난 작은 부위를 잘 치료하고 회복해야 건강하듯, 우리 사회 피해자와 이재민의 복구와 회복에 최선을 다해 이 겨울 함께 잘 이겨 냈으면 좋겠습니다.

초겨울 한기가 오랜 손가락 상처 부위를 더 집요하게 파고드는 오늘의 표정이었습니다.

함께 들으실 노래는 김장훈의 〈사노라면〉입니다.

2020.11.27.

SNS와 블로그, 그리고 1인 미디어 시대가 열리면서 기성 언론의 힘과 영향력은 점점 줄어들고 있습니다. 특히 국영이나 관영 언론이 아닌 광고와 유료 구독에 의존하는 상업언론의 경우, 다양화된 미디어 시대에 광고와 구독자, 시청자가 분산되어 수익성이 하락하면서 경영난에 시달리고 있죠. 최근 발표된 미국 퓨리서치센터 조사에 따르면 미국 종이 신문에 종사하는 기자의 수는 2008년 7만여 명에서 2019년 3만5천 명, 절반으로 줄었습니다. 코로나 19 대유행을 맞아 소위 '언텍트' 온라인 기반 산업을 제외한 경제 산업 전반이 불황에 빠지면서 광고시장이 위축되고 언론사의 경영 위기는 더욱 심해지고 있습니다.

이런 가운데 최근 미국 뉴욕타임스 관련 소식은 놀랍습니다. 코로나 19 대유행의 정점이던 지난 2분기 3개월 동안 온라인 신규 구독자가 무려 60만 명 이상 증가한 것입니다. 뉴욕타임스 170년 역사상 최대 유료 구독자 증가 폭을 기록한 것이죠. 온라인 언론기사를 읽기 위해서 돈을 낸다, 우리 언론 상황에서는 이해하기 힘든데요, 뉴욕타임스는 10개 이상의 기사를 읽으려면 반드시 유료 구독자로 가입해야 하는데도 신규 구독자가 이렇게 늘었다는 건 코로나 19에 대한 정확한 정보와 신뢰할 만한 분석 및 전망에 대한 요구가 그만큼 강했고, 뉴욕타임스는 이를 충족하는 기사를 쓰고 있었다는 이야기가 됩니다.

한국의 시사 주간지 시사인은 뉴욕타임스의 성공 비결을 '사람'에서 찾습니다. 뉴욕타임스는 지난 20년간 감염병 전문기자로 에이즈, 자카, 에볼라, 사스, 메르스 등 전 세계에서 발생한 감염병만을 추적 취재한 도널드 맥닐 등 전 세계 어떤 언론사도 따라올 수 없는 코로나 19 전문 기자단을 보유하고 있었던 겁니다. 감염병 관련 최고의 전문가들과 오랜 신뢰와 공감대를 형성하고 있었고, 각국 정부 질병 관리 책임자 및 굴지의 제약회사와 연구소들과의 핫라인도 구축되어 있었던 것입니다. 돈이 많으니 가능한 일 아니냐고 하실 분이 계실 텐데요. 뉴욕타임스 역시 심각한 경영난에 빠져 대대적인 비용절감을 해야 생존할 수 있는 위기도 여러 차례 있었습니다. 하지만 뉴욕타임스는 뉴욕 한복판에 있던 사옥과 소유하던 방송국을 팔고 사람, 즉 기자들을 지키는 선택을 했습니다. 결국, 위기의 언론이 살 길은 본질인 좋은 기사, 그 기사를 쓰는 좋은 기자들이라는, 말하기는 쉽지만 실천하기는 쉽지 않은 해답을 보여준 사례라고 생각됩니다.

한국의 언론은 어떨까요? 감염병 위기나 건강에 대한 우려가 커지면 특정 제약회사, 특정 신약에 관한 핑크빛 기사들이 쏟아져 나옵니다. 이런 언론을 믿고 개인 투자자들은 특정 회사의 주식을 사지만 실험 조작, 신약개발 실패, 식약처나 FDA 인증 실패 같은 충격적인 뉴스로 절망에 빠지게 됩니다. 한두 번도 아니고 이런 일이 계속 반복되는 우리 현실에 가슴이 시린 오늘의 표정이었습니다.

함께 들으실 노래는 빌리 조엘이 부르는 〈New York State of Mind〉입니다.

2020.12.1.

경기도 파주 용주골 성매매 집결지에 지적장애인 여성들을 팔아 넘긴 폭력배 일당이 붙잡혀 재판을 받게 되면서 충격적인 실상이 드러나고 있습니다. 차별과 외로움에 지친 장애 여성들에게 친절을 베풀며 호감을 얻은 폭력배들은 이후 연인처럼 굴며 여성들을 절대적인 의존 상태로 끌어들였고, 한 명당 수백만 원씩을 받고 용주골에 팔아넘겼습니다. 첩보를 입수한 경찰이 이들을 검거했지만, 피해자들은 여전히 이들이 자신의 연인 혹은 남자친구라고 여기며 자세한 진술을 하지 않고 있다고 합니다. 여성들을 돕기 위해 손을 내민 인권단체와 여성단체에조차 마음을 열지 않고 있다는 피해자들에겐 시간과 정성이 더 필요해 보입니다.

20년 전, 2000년 9월 19일 전북 군산 성매매 집결지 속칭 '쉬파리 골목'에서 불이 나 쇠창살과 철문이 설치된 방에 감금된 상태에서 성매매에 내몰리던 여성 5명이 숨지는 참사가 발생했습니다. 사건 수사 과정에서 지역 경찰관들과 공무원들이 포주들로부터 뇌물을 상납받으며 성매매영업을 눈감아주고 있었던 사실이 드러나 충격을 주었습니다. 그런데 2년 후 2002년 1월 19일 '쉬파리 골목' 인근 개복동 유흥주점에서 또 불이 났고 그 안에서 유사하게 감금당한 채 성매매를 강요당하던 여성 14명이 숨지는 참사가 발생했습니다. 이번에도 관할 파출소 경찰관들이 뇌물을 받고 불법영업을 눈감아주고 있었던 사실이 드러났습니다. 소방관들 역시 안전점검을 제대로 하지 않고 방치했고요. 군산 참사에 분노한 여론은 2004년 「성매매특별법」 제정으로 이어졌습니다.

그로부터 16년이 지나 이제는 세계 경제 대국, 문화선진국을 내세우는 2020년 대한민국에서 어떻게 여전히 군산 참사 당시 성매매 집결지 모습을 똑 닮은 용주골 인신매매 사건이 버젓이 벌어지고 있는 것일까요? 2004년 「성매매특별법」 제정 등 사회적인 합의와 국가적인 노력으로 성매매 집결지들은 다 폐쇄되고 재개발 재건축 등을 통해 어둡고 아픈 지역의 치부들이 치유되고 사라진 것 아니었습니까? 여러 가지 형태로 영업방식을 바꾸는 '풍선효과' 가 있다고는 해도 성매매에 대한 잘못된 낡은 사회적 인식이 바뀌어 인신매매와 성매매 알선 강요 등 소위 '포주' 들은 무거운 처벌을 받고 피해 여성들은 사회복귀를 위한 지원을 받는 상식적인 사회로 발전해 오지 않았나요?

진정한 선진국은 그 나라에 사는 한 명 한 명을 소중히 여기는 사회라는 것을 우리 모두 잘 알고 있습니다. 겉만 화려하고 부자들과 권력자들만 지상낙원을 즐기는 사회, 힘없고 약한 사람은 무시당하고, 소수라서 몰라서 혹은 착해서 정치적 요구나 압력을 행사하지 않는 사람들은 버려지는 사회를 선진국이라고 할 수 있습니까? 용주골에도 사람이 삽니다. 우리가 적대하고 비난하는 일본군 성 노예를 옮겨 놓은 듯한 상황에서 사람이 삽니다.

모든 사람이 법 앞에 평등하고, 신체와 거주 이전의 자유가 있으며, 행복을 추구할 권리가 있다고 정한 대한민국 헌법 구절이 자꾸 떠오르는 오늘의 표정이었습니다.

함께 들으실 노래는 비틀즈 〈We can work it out〉입니다.

2020.12.2.

찬바람이 매섭던 지난주 일요일 저녁, 광주. 한 여성이 고가도로 위에서 투신을 시도했습니다. 다행히 이 광경을 목격한 한 시민의 도움으로 여성은 목숨을 건졌고 그 자리에 있던 많은 사람이 그녀를 위로하며 따뜻한 말을 건넸습니다. 처음에는 왜 구했냐며 원망 섞인 반응을 보였던 여성은 사람들의 진심 앞에서 마음을 돌렸다고 합니다.

더 중요한 것은 이제부터겠죠. 여성의 사연이 무엇인지 모르겠지만, 오죽하면 극단적인 선택을 했을까요? 누군지 전혀 모르는 사람이 위기에 처한 모습을 보고 가던 길을 멈추고 차를 세운 후 무조건 달려온 시민들의 따뜻한 마음과 용기 있는 행동이 여성 주변 사람들과 관련 기관에서도 그대로 나타나야 여성이 문제를 해결하거나, 혹은 문제를 안은 채 천천히 극복해 나가며 살아나갈 의지를 찾을 수 있을 것입니다.

우리의 뇌는 우리가 옳다고 느끼는 일을 할 때 행복감과 쾌감을 느끼고, 반면에 부당한 일을 할 때는 견디기 힘든 스트레스를 느낍니다. 그런데 '경쟁사회에서 성공하려면 독하고 악해야 한다, 착하고 무르면 뒤처진다'는 이야기를 듣고 자라다 보면 우리 뇌의 보상체계를 왜곡하는 현상이 발생합니다. 분명히 잘못된 행동이지만 나를 보호하거나 내게 이익이 되는 일을 할 때 합리화와 정당화라는 강력한 인지 기능이 가동되는 거죠. 이런 뒤틀린 인지 기능은 고위 공직 등 책임 있는 자리에 오른 소위 성공한 엘리트들에게서 종종 보이는 현상입니다. 어린 시절부터 오직 성공만을 위해 공감과 배려를 배울 기회를 박탈당하다 보니 광주 고가다리 위 시민들처럼 유불리를 따지지 않고 옳은 일을 위해 행동하면서 느끼는 뿌듯함 같은 '보상'을 느끼지 못하는 겁니다. 대신 그 욕구불만을 권력욕과 갑질 등 지배욕으로 잘못 충족하는 것이죠. 더 큰 문제는 이들이 자신이나 소속 집단의 이익을 위해 고도의 정당화·합리화 기제를 가동하면 대다수 시민은 영문도 모른 채 부당한 상황으로 내몰리게 된다는 겁니다.

우리가 모두 조금 더 공정하게 잘 살기 위해서, 인간성의 기본을 되찾고 키워내기 위한 사회적 노력이 필요합니다.

제가 잘못했을 때 따끔하게 혼내주고, 아플 때 곁에 있어 주고, 억울할 때 함께 분노해준 제 곁의 모든 사람이 새삼 고마운 오늘의 표정이었습니다.

함께 들으실 노래는 영화 《비긴 어게인》 OST 중에서 키이라 나이틀리의 〈A step You can't take back〉입니다.

2020.12.4.

우리가 살면서 피할 수 없는 것 중의 하나가 이별입니다. 수능을 치른 학생들은 곧 정든 학교와 친구들, 선생님과 이별을 해야 하고, 코로나19는 갑작스럽고 비극적인 이별들을 만들어내고 있죠.

이렇듯 이별은 우리 삶의 한 부분이고 일상적으로 일어나는 일이지만, 특히 이별을 못 견뎌 하는 사람들이 있습니다. 정신의학적으로 분리불안장애 진단을 받는 환자도 있지만, 특정 상대에게 집착하고 소유하려 하다가 뜻대로 되지 않으면 범죄를 저질러서라도 이별을 막으려는 사람들도 있습니다.

분리불안장애는 애착하거나 익숙한 대상과 헤어지게 될까 봐 스스로가 과도한 불안으로 고통스러워하는 질병입니다. 엄마한테서 떨어지는 것이 두려워 울며불며 어린이집이나 유치원, 학교에 가지 않으려는 아이들이 대표적이죠. 장애를 제대로 이해하지 못한 채 강제로 분리하면 증상은 더 심해지고 구토나 복통 등의 신체증상이 나타나기도 합니다. 성인 중에도 가족이나 반려동물의 죽음 혹은 좋아하던 유명인사의 사망으로 인한 슬픔을 극복하지 못하고 오랫동안 고통받는 경우 역시 분리불안장애에 해당할 수 있습니다. 과도한 보호와 사랑, 불안한 가정환경, 또는 유전적 이유 등으로 발생하는 분리불안장애는 전문가의 진단과 치료를 받으면 나을 수 있습니다.

문제는 이별 범죄입니다. 헤어지려는 상대에게 집착하거나 분노해서 저지르는 이른바 이별범죄는 끔찍한 결과로 이어지는 경우가 많다는 점을 우리는 잘 알고 있습니다. 경찰청 통계에 따르면 이별폭력범죄는 올해 6월까지만 해도 4,800여 건에 달하고, 이별 살인은 매년 평균 15건이나 발생하고 있습니다. 은밀한 사진이나 영상을 찍어두었다가 온라인에 유포하거나 유포하겠다고 협박하는 치졸한 '이별보복 디지털 성폭력'은 하도 많아서 일일이 즉각적인 대응을 하기엔 공권력과 행정력이 부족한 실정입니다.

이별이 범죄로 이어지는 것을 막기 위해서는 어릴 때부터 이별에 대한 불안하고 두려운 마음을 다스리고 극복하는 방법을 잘 배우고 익히는 것이 중요합니다. 친구, 연인, 동료와도 언제든 어떤 이유로든 헤어질 수 있음을 늘 염두에 두고 이별 준비와 연습을 마음속에서 해 두는 노력이 필요합니다. 우리 서로 어떤 이별이든 잘 준비하고 견뎌낼 수 있도록, 절대 헤어지지 않겠다고 집착하거나 이별에 대한 보복 감정에 휩싸이지 않도록 서로 돕고 배려했으면 좋겠습니다.

그동안 정들었던 사람이나 대상과 헤어져야만 했던 수많은 순간이 희미하게 혹은 생생하게 떠오르는 오늘의 표정이었습니다.

함께 들으실 노래는 악동뮤지션이 부르는 〈오랜 날 오랜 밤〉입니다.

2020.12.7.

특성화고등학교. 기술이나 취업을 선택한 중학생들이 진학하는 고등학교입니다. 지나친 고학력 사회의 문제를 해결하고 산업 기술 인프라를 안정적으로 확보하기 위한 국가 중요 정책이죠. 독일이나 북유럽 사회를 벤치마킹한 특성화고 제도의 핵심은 학력차별 없는 능력 위주의 공정한 사회입니다.

그런데 일부 기업에서 대졸 신입사원이 입사하면 고졸 경력 사원에게 인사도 하지 못하게 한다는 '직장 내 학력 차별' 사례가 보도되어 충격을 주고 있습니다. 특성화고 권리연합회가 발간한 자료에 따르면, 일부 회사에서는 대졸 신입 사원에게 8급을 주고 고졸 신입사원에게는 11급을 주는데 10년 경력의 고졸 사원은 9급까지밖에 오르지 못한다는 사례도 있습니다.

물론 모든 회사가 그렇진 않겠죠. 하지만 여전히 우리 사회엔 학력이 곧 실력이라는 잘못된 차별 인식이 매우 강합니다. 특성화고가 받는 또 다른 차별은 '교육의 권리 박탈'입니다. 특성화고 권리연합회 조사에 따르면, 일부 특성화고에서는 전문 교사나 시설 기자재 등을 갖추지 않은 채 기초적이고 형식적인 수업만을 진행해서 학생들의 불만이 높다고 합니다. 특성화고와 선생님들마저 학생들의 잠재력을 지레 포기해 버린다면, 그래서 특성화고에 대한 편견의 원인을 제공하고 부추긴다면, 그 결과는 노력해서 취업

한 학생들을 향한 차별 피해로 돌아갈 것입니다.

차별은 차이와 다릅니다. 능력과 자격이 아닌 출신과 성향, 배경
에 따라 불이익을 주는 치졸한 반인권적 범죄 행위입니다. 대학교
육과 직결되지 않는 모든 직업 분야는 기술과 경험, 직업의식이
가장 중요하지 않습니까? 모든 직업과 직장에서 학력차별이 사라
지기를 기원하는 오늘의 표정이었습니다.

함께 들으실 노래는 임재범의 〈비상〉입니다.

2020.12.10.

프로야구선수협회의 공금유용, 사유화 논란이 계속되고 있습니다. 전임 이대호 회장이 사태를 수습하지 못한 채 물러난 뒤, 2020년 한국시리즈의 영웅 양의지 선수가 무거운 책임을 떠안게 되었습니다. 고(故) 최동원 선수 등 초창기 선수들의 피와 땀과 눈물로 탄생한 선수협회, 새로운 리더십과 함께 구태를 청산하고 제자리를 찾을 수 있을까요? 과연 한국시리즈 우승 트로피를 안고 고(故) 최동원 선수 봉안당을 찾아 감사인사를 올린 NC 김택진 구단주와 고(故) 최동원의 유지가 담긴 무거운 잔을 받은 NC 주장 양의지 신임 선수협회장이 22년 묵은 최동원 선수의 한을 풀어줄 수 있을까요?

고(故) 최동원 선수, 대한민국 야구 최고의 영웅이죠. 경남고등학교 시절부터 완투, 완봉, 노히트노런을 연이어 기록하며 무적 강철 어깨, 강속구, 삼진왕의 대명사가 됩니다. 국가대표로 출전한 국제 대회에서도 세계 각국 강타선을 무력화시키며 주목을 받다가 결국, 1981년 대한민국 선수 최초로 메이저리그 입단 계약을 체결합니다. 지금 류현진 선수가 활약하고 있는 토론토 블루제이스. 하지만 프로야구 출범을 준비하고 있던 한국 야구계 등 각계로부터 간곡한 요청과 집요한 설득이 이어진 끝에 메이저리그 진출의 꿈을 포기하고 맙니다. 1983년 프로야구 출범 이후, 고향 팀인 부산 롯데 자이언츠의 에이스로 활약하면서 1984년 한국시리즈에서 혼자 4승을 거두며 팀을 우승시킨 전무후무한 역사를 만들었습니다. 이후 1987년까지 매 시즌 10승 이상, 200이닝 이상 투구를 기록하며 선동열과 함께 대한민국 최고의 연봉과 인기를 누린 대스타였습니다.

그런 그가 동료 선수들의 열악한 처우를 모른 척할 수 없어서 메이저리그 사례를 벤치마킹한 선수협회 구성에 발 벗고 나섭니다. 각 구단 경영진과 프로야구협회는 선수협회 출범을 막기 위해 사력을 다했죠. 급기야 롯데는 주동자인 최동원 선수를 삼성라이온즈로 강제 이적시킵니다. 최고의 프랜차이즈 스타를 다른 팀에 보내버린 롯데의 결정은 그 어떤 논리로도 이해할 수 없는 폭거였죠. 이후 반발, 이탈, 복귀 등 팀과 불화와 갈등을 거듭하다가 1990년 슬프고 아픈 은퇴를 했습니다. 이후 방송과 정치 등 실패와 논란을 남긴 활동을 거쳐, 한화 이글스에서 류현진 선수의 성장과 발전을 돕기도 했지만 결국, 2011년 대장암으로 세상을 떠났습니다.

정치인이나 판검사 등 권력을 쥔 자들이 서로를 돕는 제 식구 감싸기와 달리 성공을 거둔 스타들이 어려운 동료들을 돕는 헌신은 아름답습니다. 야구에 최동원 선수가 있었다면, 배우 세계에는 자신의 출연료를 줄여 스태프들의 생계를 챙겨준 안성기 씨가 있고, 최근에는 김구라 씨가 코로나 19로 생활고를 겪는 동료들을 위해 거금을 기부해 화제가 되고 있습니다. 꼭 같은 분야가 아니라 해도 나보다 힘들고 어려운 이웃을 위한 따뜻한 배려와 공감의 손길, 말과 행동이 특히 더 필요한 연말인 듯합니다.

최동원 선수의 불꽃 투혼과 따뜻한 마음이 그리운 오늘의 표정이었습니다.

함께 들으실 노래는 키나 그래니스가 부르는 〈You Are My Sunshine〉입니다.

2020.12.11.

우리에게 첫눈이 온 어제, 미국 언론은 인류를 화성으로 이주시키기 위해 개발 중인 우주선 '스페이스쉽' 시제품이 착륙과정에서 폭발한 소식을 전해왔습니다. 프로젝트를 추진 중인 일론 머스크는 2050년까지 지구인들을 화성으로 이주시키겠다는 야심 찬 포부를 밝히고 있죠.

베르나르 베르베르의 소설 『파피용』에는 멸망 직전의 지구를 떠나 제2의 지구별을 찾아 떠나는 우주선 이야기가 나옵니다. 전쟁과 범죄, 갈등과 분열을 조장하는 정치, 환경파괴 등 지구를 멸망시킨 인류 문명의 나쁜 DNA를 제외하고 평화와 사랑과 웃음과 문화의 DNA를 가진 사람들만으로 출발한 인류 여행, 하지만 여러 세대를 거쳐 천 년 동안 지속된 여행 중에 우주선 속 작은 인류는 다시 나뉘고 갈리고 정치적 집단이 생겨나고 급기야 전쟁과 범죄, 파괴가 발생하죠.

화성이든 어디든 다른 별로 이주하는 것이 인류의 문제를 해결해주진 않을 듯합니다. 지금 우리가 사는 모습과 방식의 문제를 여기에서 해결하고 다시 지구를 살만한 곳으로 만드는 게 먼저 아닐까요? 그렇지 않으면 인류가 이주해 간 별 역시 전쟁과 범죄, 갈등과 분열, 환경파괴의 악순환에 빠져 또 멸망하겠죠. 이런 식으로 별마다 옮겨가며 파괴한다면 인류는 우주의 암세포나 바이러스가 되고, 결국 우주의 면역체계가 인류를 없애버리지 않을까요?

참, 화성은 대기압이 낮아서 표면에는 물이나 비 같은 액체가 존재할 수 없다고 합니다. 당연히 눈도 내릴 수 없겠죠.

밤새 소복하게 쌓인 눈을 발견하고 내복 바람으로 뛰어나가 눈사람을 만들며 행복해하던 추억이 떠오르는 오늘의 표정이었습니다.

함께 들으실 노래는 Zion.T (feat. 이문세)가 부르는 〈눈〉입니다.

2020.12.14.

서울은 영하 10도, 전국 대부분이 영하권입니다. 철모르던 어린 시절 추위도 잊은 채 친구들과 빙판과 들판을 쏘다니며 놀다가 모닥불 옆에서 곱은 손을 녹이던 추억이 새롭습니다. 우리 대한민국은 세계 최초로 원조받은 국가에서 원조하는 국가가 된 모범사례입니다. 전쟁의 참화 속에서 국제기구와 외국의 원조에 의존해 살아가던 찢어지게 가난했던 나라가 세계 10위 권 경제 대국으로 우뚝 일어섰습니다. 그런데 국민이 느끼는 행복감은 나아지지 않은 듯합니다.

저는 초등학생 시절 방이 2개인 13평 아파트에서 4식구가 살았습니다. 세 살 위인 형과 한방을 쓰며 투닥투닥했지만 대화도 하고 어깨너머로 많이 배웠죠. 크고 넓은 친구 집에 가면 조금 기가 죽긴 했지만, 어른들과 달리 친구들 사이에선 가난에 대한 차별이 심하지 않아서 큰 문제가 없었습니다. 당시에도 부잣집 아이들은 고액과외 등을 했지만, 그런 것 없이 열심히 수업 듣고 예습 복습하고 시험공부 열심히 한 우리도 대학 가고 취업할 수 있었죠. 큰 돈 들이지 않고 운동선수가 되는 길도 열려 있었습니다.

첫 아이가 초등학교에 다닐 때 우린 20평대 낡은 관사에 살면서 이웃끼리 아이도 서로 돌봐주고 김치도 나눠 먹으며 평화롭게 살았습니다. 그런데 아이가 학교에서 돌아오더니 우리 집이 몇 평인지 묻더군요. 친구들이 물어본다면서. 아이가 중학교에 진학한 이후엔 사교육 없이는 학교 수업을 따라가기 힘든 현실에 부딪혔습니다. 축구를 좋아하는 아들 덕분에 돈 없으면 운동도 못 한다는 것도 알게 되었죠.

지금은 빈부 격차에 따른 사회적 차별이 더 심해졌습니다. 임대주택 아이들을 자기 자녀가 다니는 학교에 오지 못하게 하려는 이기적인 부모들의 집단행동까지 봐야 하는 세상이 되었습니다. 저처럼 가난했던 사람들이 출세하더니 이제는 자신의 어린 시절을 닮은 다른 가난한 아이들이 아예 꿈과 희망을 품지도 못하도록 선행학습과 사교육, 부모찬스와 각종 스펙 등으로 사회적 장벽을 쌓고 있습니다. 안타깝게도 코로나 19는 그 사회적 차별과 장벽을 더욱 굳히는 듯합니다. 어른들은 어떤 다툼을 하든, 친구들과 신나게 뛰어놀아야 할 어린이의 특권마저 사라져버린 겨울, 우리 어른들 때문에 힘들고 우울하고 상처받고 있을 어린이들에 대한 따뜻한 관심과 사랑이 더욱 절실합니다.

꽁꽁 언 빙판 위에서 뛰어놀며 젖은 옷을 모닥불에 말리다가 바지를 태워 먹었던 어느 겨울날의 추억이 무척 그리운 오늘의 표정이었습니다.

함께 들으실 노래는 라이너스의 〈연〉입니다.

2020.12.15.

입학식도 제대로 치르지 못한 신입생, 결혼식을 미루거나 약식으로 치러야 했던 신랑 신부, 퇴직금 대출금 모두 끌어모아 처음 가게를 차린 사장님들, 사회에 첫발 내딛는 취직준비생들……. 코로나19는 수많은 이들에게서 이 다양한 처음들을 빼앗거나 훼손했습니다.

소중한 처음을 훼손당한 분들을 포함해 코로나19로 인해 아픔과 상처, 손해를 입은 사람에게 우선 필요한 것은 이해와 공감일 듯합니다. 당연하고 자연스럽게 인생의 각 첫 관문들을 거쳐 온 사람들은 그렇지 않은 사람의 심정을 이해하기 어렵습니다. 공감하는 것은 더더욱 어렵죠. 이해와 공감은 분명히 노력과 능력이 필요합니다. 그 출발점은 자신이 유사하게 겪었던 억울하고 아픈 경험의 기억입니다.

'나는 괜찮은데, 너 참 안됐다' 하는 마음을 우리는 동정sympathy이라고 합니다. 동정의 마음으로 건네진 위로의 말이나 물질적 지원 역시 중요하고 필요하며 피해자에게 도움이 됩니다. 하지만 동정은 때로 차라리 아무 말이나 지원이 없는 것보다 더 상처를 헤집고 아픔을 가중시키는 경우도 있습니다.

반면에, 상대방의 입장이 되어보려고 애써서 유사한 아픔과 고통

의 기억을 찾는 등의 노력으로 형성된 동질감을 공감empathy이라
고 하죠. 공감이 이루어지면 일부러 특별한 말과 행동을 하지 않
아도 상처 입은 사람이 위로와 위안을 느끼는 경우가 많습니다.
공감하는 사람의 말과 행동은 자연스럽게 상처 입은 피해자와 조
율이 이루어지면서 치유의 효과가 발생하죠.

코로나 19 피해를 크게 직접 겪지 않은 분들의 공감능력이 그 어
느 때보다 중요한 시기인 듯합니다. 이해와 공감이 넘치는 따뜻한
연말을 함께 만들었으면 좋겠습니다. 지금 아이들에게 가장 좋은
교육 역시 공감능력을 키워주는 것이고요.

중학교 입학 첫날, 등굣길에 어깨를 부딪힌 녀석에게 골목길로 끌
려들어 가서 싸우는 바람에 교복은 찢어지고 지각까지 해서 선생
님께 혼났던 그때, 다가와서 첫 인사를 건네준 친구들이 그리워지
는 오늘의 표정이었습니다.

함께 들으실 노래는 이승철이 부르는 〈아마추어〉입니다.

2020.12.16.

"진짜 우리 할아버지 같고 너무 친근하고 선해 보여요. 저 내년에 중2인데, 응원해주세요!! 할아버지처럼 멋진 사람 될 거에요!"
어제 한 청취자가 제 SNS에 남긴 댓글입니다.

한동안 이 댓글에서 눈을 뗄 수 없었습니다. 아주 잠깐 할아버지라는 말에 가슴이 철렁했지만 이내 가슴이 따뜻해졌습니다. 그리고 동시에 '이 중학생 청취자의 기대에 어긋나지 않아야 할 텐데, 시간이 흐르면서 실망하게 되면 안 되는데……' 하는 걱정도 들었습니다.

어린 시절 제게 늘 호랑이 같았던 아버지가 손주들에겐 마시멜로 같은 부드러운 할아버지로 변신하는 모습을 보고, 그 엄청난 두 얼굴에 충격을 받았던 기억이 떠오릅니다. 작년에 돌아가신 후 제 꿈엔 안 오신 아버지가 어젯밤 손녀 꿈엔 다녀가셨다네요.

실제 할아버지가 되는 기분과 느낌이 어떨지 아직은 상상하기 힘듭니다. 하지만 중학생 청취자 댓글에서도 보듯, 할아버지라는 말은 바로 친근하다, 선하다는 느낌으로 연결되는 것 같습니다.

전 그런 할아버지 정을 못 받고 자랐습니다. 친할아버지는 북한에 계셔서 한 번도 본 적 없고, 외할아버지는 멀리 포항에 계셔서 명절이나 생신 때만 뵐 수 있었죠.

빨리 할아버지가 되고 싶기도 합니다. 손주가 맘껏 머리카락도 당기고 수염도 뽑을 수 있는 친근한 할아버지. 부모나 선생님, 친구에게는 말 못 할 고민도 털어놓을 수 있는 할아버지…….

마스크 꼭 쓰고 두꺼운 외투로 몸을 감싼 아이 손을 잡고 걸어가는 할아버지의 뒷모습이 유난히 행복해 보이는 오늘의 표정이었습니다.

함께 들으실 노래는 리트머스의 〈할아버지 시계〉입니다.

2020.12.17.

중요한 선택이나 결정의 결과가 좋지 않았을 때 "후회하세요?" 이런 질문 간혹 받으시죠? 저 역시 무척 많이 받았던 질문입니다.

중요한 고비마다 내 길, 나다운 삶이라고 생각하는 길을 선택하기 위해 노력했고 아직은 어떤 결과든 후회는 하지 않았습니다.

이런 자세는 고3 때 친구와 나눈 대화가 출발점이었던 것 같습니다. 버스를 두 번 갈아타고 오가는 등하굣길에서 친구가 '언제 후회를 하느냐'는 질문을 했고, 그 당시에 수시로 잘못 저지르고 반성문 쓰기를 반복하던 저는 이미 저질러진 일은 후회해봐야 소용이 없고, 차라리 책임지고 반성하는 게 후회보다 훨씬 낫다고 답했습니다. 반론과 재반론이 이어졌고, '결과가 나빴다 해도 그 당시엔 자신이 가진 한계 속에서 최선의 선택이었을 텐데, 지나고 나서 후회하는 것은 의미가 없다. 반대로 결과가 좋다면 잘못된 생각이나 행동에 대해 후회하지 않을 것 아니냐'라는 결론에 도달하게 되었죠.

후회와 반성의 차이에 대해 생각이 저와 다른 분들도 많이 계실겁니다. 다만, 전 그날 매 순간 최선을 다해서 '나중에 후회하지 않을' 선택과 결정으로 이어지는 삶을 살자고 다짐했습니다. 혹시 게으르거나 유혹에 빠지거나 충동에 사로잡혀 잘못된 선택이나 결정을 하게 되면, 결과가 좋아도 반성하고 바로잡는 용기를 기르자고 결심했습니다. 아무리 최선을 다한 선택이나 결정이라고 해도, 결과가 내게 좋은 방향으로 나왔다고 해도, 누군가에게 상처를 줬다면 사과하고 책임지는 사람이 되자고 마음먹었습니다.

그로부터 36년이 지난 지금, 그 다짐과 결심을 잘 지키며 살아왔나 돌아봅니다. 잘못을 저지르고, 책임을 회피하거나 반성을 거른 일들도 많았습니다.

앞으로 남은 삶은, 마지막에 세상을 떠나기 전에 '내 삶, 후회하지 않습니다' 라는 답을 할 수 있도록 최선을 다하자고 다짐하는 오늘의 표정입니다.

함께 들으실 노래는 상처 가득하고 굴곡진 삶을 살았던 프랑스 가수 에디트 피아프의 생애를 그린 영화 《라 비 앙 로즈La Vie en Rose》 OST 중에서 에디트 피아프가 부르는 〈아뇨, 전혀 후회하지 않아요Non, je ne regrette rien〉입니다.

2020.12.18.

화성에서 의문의 폭발이 여러 차례 발생했습니다. 얼마 후 미국 뉴저지 그로브스밀에 있는 한 농장에 의문의 물체가 떨어졌습니다. 현장에서 이 사고를 생중계하던 취재진이 갑자기 비명을 지르고, 떨어진 물체에서 생명체들이 나오더니 무차별적인 공격을 해댑니다. 현장 생방송이 갑자기 끊긴 뒤 스튜디오에서 잔뜩 긴장한 아나운서가 속보를 전합니다. 외계인의 침공이 시작됐고 군대가 그들과 사투를 벌이고 있다는 뉴스였습니다. 곧이어 뉴욕 맨해튼 고층 건물 꼭대기에서 거대한 화성인의 우주선이 유독가스를 공중에 뿌리고 있다는 급보를 전합니다. 아나운서는 지금 전 세계에서 유사한 공격이 이어지고 있고 뉴욕 시민들이 빌딩에서 비명을 지르며 추락하고 있다는 말까지 하고는 기침을 심하게 하다가 말을 잇지 못한 채 쓰러지고 방송이 끊기고 맙니다. 1938년 10월 30일 저녁, 미국 콜롬비아 라디오에서 방송된 오손 웰스 원작 드라마《세계의 전쟁》, 핼러윈 특집방송이었죠. 하지만 수많은 미국인이 드라마가 아니라 실제 상황으로 받아들여 피난하거나 가족에게 전화하는 일도 있었습니다.

코로나 19와 같은 감염병 대유행, 경제 공황, 전쟁의 위기, 정쟁 격화 등 사회적 불안요인이 형성될 때마다 가짜 뉴스, 왜곡 보도가 난무합니다. 소위 레거시 미디어라 불리는 기존 언론뿐 아니라 신종 미디어, 1인 미디어 역시 마찬가지죠.

최근 우리나라에선 구독자 70만 명을 가진 한 유튜버가 대구에 있는 간장게장 맛집에서 손님이 먹다 남긴 음식을 재사용한다는 허위 영상을 올린 일이 있었습니다. 그 영상을 본 수많은 사람이 식당을 찾아가거나 전화 혹은 SNS 등으로 비난과 욕설을 퍼부었고 견디다 못한 식당 주인은 가게를 닫고 말았죠.

이런 '미디어 범죄'에 대한 강력한 처벌도 필요하지만, 쉽게 속고 선동당하는 어리석음도 막고 줄여야 합니다. 피해자로서는 '미디어 범죄자'들의 1차 가해 뒤, 사실 확인 없이 무비판적으로 받아들인 후 게으르고 섣부른 정의감을 발동하는 시민들의 2차 가해가 더 견디기 힘듭니다.

민주주의 선진국에서는 82년 전 '화성인의 침공' 사태 이후 수많은 연구가 이어졌고 초등학교부터 미디어 보도나 제작물의 진위에 대한 비판적 시각을 기를 수 있게 교육합니다. 하지만 우리나라는 예외입니다. 입시 과목 사교육과 스펙 쌓기 경쟁으로 아이들을 내모는 비뚤어진 교육 시스템 때문에 미디어 비판 능력을 향상하거나 공감능력을 증진하는 등의 꼭 필요한 시민교육을 오랜 기간 외면해 왔습니다.

지금부터라도 공적 신뢰를 받는 당국과 언론에서 사실을 정확하게 알려주고, 시민들 역시, 거짓 뉴스와 일방적 주장에 부화뇌동하지 말고 확인하는 수고, 그리고 허위와 거짓을 무시하고 거절하는 용기를 갖추었으면 좋겠습니다. 무엇보다 우리 미래를 위해 부디 교육이 제 역할을 해 주길 촉구합니다.

어제 저와 전화 인터뷰를 하면서 한동안 말을 잇지 못하셨던 대구 간장게장 식당 사장님의 심경과 감정이 여전히 가슴을 짓누르는 오늘의 표정이었습니다.

오늘 제가 고른 노래는 김장훈이 부르는 〈세상이 그대를 속일지라도〉입니다.

2020.12.21.

집에 콕 박혀서 보낸 주말을 더욱 답답하게 만드는 소식들이 참 많았습니다. 사회적 거리 두기 상황을 역이용한 유흥주점들의 변태 영업 행위. 위기극복을 위한 협력보다는 권력 다툼에만 골몰하는 정치인과 그 주변인들……. 일본 후쿠시마 원전 오염물질을 바다에 방류하는 것이 '기술적으로 가능하다'라는, 불순한 의도가 의심되는 국제원자력기구 IAEA 라파엘 그로시 사무총장의 어이없는 발언. 바로 뒤이어 들려온 우크라이나 체르노빌 원전사고 지역 50km 밖 토양이 30여 년이 지난 지금도 여전히 방사능 범벅이라는 영국 엑시터대학교와 우크라이나 공동연구진의 발표까지……. 힘들고 우울한 일요일이었습니다.

"이제야 '우울한 일요일'의 메시지를 알 것 같아.
모든 사람에게 그 만의 존엄성이 있다는 걸 말하는 것 같아.
우리는 상처를 받고 모욕을 당해.
마지막 남은 존엄성을 가지고 최대한 견디는 거지."

어제 다시 본 영화 《글루미 선데이》 속 대사입니다. 무솔리니와 히틀러 독재에 반대하며 국제연맹을 탈퇴한 헝가리에 밀어닥친 나치 독일의 점령과 폭압. 음악과 요리, 평범한 삶 자체를 사랑하며 행복을 찾아가던 식당 주인과 종업원 그리고 그 식당의 피아노 연주자, 이 세 사람은 자신들이 도와주고 살려줬던 독일군 장교에 의해 인간의 존엄성이 철저히 짓밟히고 파괴됩니다. 두 남자는 세상을 떠나고 60년간 홀로 식당을 지키던 여인은 80세 생일을 기념하기 위해 추억의 장소를 찾은 옛 독일군에게 독극물을 먹여 오랜 시간 기다린 복수에 성공합니다. 일제 강점기 우리 상황과 많이 닮아서 더 공감한 영화였습니다.

갈수록 심해지기만 하는 양극화, 가진 자들의 횡포로 우울한 우리가 가진 힘은 '인간의 존엄성' 아닐까요? 모든 사람에게 있는 그만의 존엄성. 어떤 상황에서도 포기하지 않고 양보하지 않는 나만의 존엄성. 그리고 그 존엄성마저 파괴하려는 자들의 횡포는, 영화《글루미 선데이》에서처럼 응징이 뒤따를 것이라는 믿음으로 이겨냈으면 좋겠습니다.

다시 힘차게 출발하는 월요일, 오늘의 표정이었습니다.

함께 들으실 노래는 영화《글루미 선데이》OST 중에서 헤더 노바가 부르는 〈Gloomy Sunday〉입니다.

2020.12.23.

23년 전, 우리를 절망하게 한 국가부도 위기, IMF 구제금융. 정부와 정치권, 재벌, 대기업 등 사회 특권층 기득권들이 잘못을 저질러서 국제기구나 외국 정부 혹은 금융기관에 진 빚을 못 갚게 되어 '채무불이행 선언'을 하고 국가 경제 주권을 포기하기 직전 상황으로 내몰렸습니다. 그때 나라를 살린 것은 아무 잘못 없고, 어떤 혜택도 누리지 못한 일반 시민들이었습니다. 직장인은 동료와 회사를 살리기 위해 눈물을 머금고 희망퇴직을 받아 들였고, 자영업자 소상공인들, 그리고 이들과 거래관계로 얽힌 수많은 사람이 연쇄부도의 억울한 고통을 받아들여야 했습니다. 그런데도 이들 노동자, 자영업자, 소상공인, 농민, 실직자들과 그 가족들은 나라를 살리겠다고 장롱 속 아기 돌 반지와 환갑 기념 금 열쇠 등 모든 금붙이를 찾아 국가적 '금 모으기' 운동에 힘을 보탰죠.

그렇게 살린 나라가 지금은 세계 10위권의 경제 대국으로 일어섰습니다. 하지만 그 과실은 당시에 잘못하고 모든 책임을 졌어야 할 정부 주역들과 정치 권력자들, 재벌, 대기업 혹은 그 자녀들이 챙겼습니다. 당시에 급매로 나온 땅과 건물, 아파트를 사 모은 졸부들은 더 큰 부자가 됐고, 국가를 믿고 희생과 피해를 감수한 수많은 시민, 서민, 노동자들은 점점 더 크게 벌어진 빈부 격차를 맞게 됐습니다. 이들을 대표하고 대변한다던 사회 운동 엘리트 중 상당수 역시 자신과 자녀들을 위한 탄탄한 사회적 경제적 지위를 쌓고 다른 이들이 근접 못 할 학력 진입장벽을 구축하는데 동참했다는 사실을 알게 되면서 배신감과 절망감은 더욱 커졌습니다.

코로나 19 위기 상황, 23년 전 국가부도 위기와 닮은 점도 많고 다른 부분도 많습니다. 다만 한 가지, 국가와 사회 공동체를 위해 모든 피해와 고통을 참고 견디는 수많은 사람이 코로나 19 극복 이후에도 희생자로 남게 하면 안 됩니다. 23년 전과는 달라야 합니다. 실패와 아픔, 상처로부터 배우지 못하고 똑같은 과정을 반복해서는 안 됩니다.

지금, 권력과 책임을 진 모든 분, 당장 위기를 넘기는 데만 급급하지 말고 코로나 19 극복 후 우리 사회의 양극화가 더 심해지지 않게, 피해자 희생자들이 최대한 원래 상태에 가깝게 회복할 수 있게 준비해 주길 부탁합니다. 국가와 사회공동체를 믿을 수 있는, 그래서 자신이나 타인을 향한 극단적 공격과 폭력 범죄를 줄여나가는 우리가 되었으면 좋겠습니다.

23년 전 오늘, 온통 세상이 어두컴컴한 잿빛으로 보이던 그 아프고 슬픈, 잊고 싶은 기억이 되살아나는 오늘의 표정이었습니다.

함께 들으실 노래는 싸이의 〈기댈 곳〉입니다.

2020.12.24.

"세상 돌아가는 모습 때문에 우울해질 때면 난 항상 히스로 공항의 입국장을 떠올립니다. 우리가 미움과 욕심으로 가득한 세상에서 살고 있다고 말하지만 제 생각은 달라요. 오히려 세상에 사랑이 가득한 것 같아요. 각각의 사연과 경우들이 언론에 보도되지도 않고, 그리 큰 사건은 아니지만, 우리 주변에 언제나 사랑이 있죠. 아빠와 아들, 엄마와 딸, 남편과 아내, 여자친구 남자친구, 그냥 오랜 친구……. 911테러 사건 당시 비행기가 세계무역센터 쌍둥이 빌딩에 부딪히기 전, 제가 알기로는, 승객들이 보낸 문자 메시지 중 단 한 건도 미움이나 복수의 감정을 담고 있지 않았습니다. 모두가 사랑하는 사람에게 보낸 사랑의 메시지였죠. 제 생각에는, 당신이 찾으려고 하기만 한다면, 실제로 사랑이 우리 주위에 늘 있다는 것을 발견하게 될 거에요."

매년 크리스마스마다 우리 가족이 보고 또 보는 영화 《러브 액츄얼리》 도입 부분에서, 런던 히스로 국제공항 입국장 모습과 함께 배우 휴 그랜트가 했던 이야기를 번역해 봤습니다.

코로나 19와 경기 침체에, 험악한 얼굴로 싸우기만 하는 정치인들, 가짜 뉴스와 흉악한 범죄들……. 세상 돌아가는 꼴 때문에 화나고 우울하시다면 오늘 저녁, 크리스마스이브만이라도 주위에 있는 사랑으로 보상받고 행복해 지시길 기원합니다. 사랑하는 사람들과 떨어져 계시거나 혼자 고립된 분들께는 《뉴스하이킥》이, 그리고 MBC라디오가 노래와 정겨운 이야기들로 여러분의 사랑이 되어 드리겠습니다.

세상에 퍼져있는 사랑의 기운이 느껴지는 오늘의 표정이었습니다.

함께 들으실 노래는 영화《러브 액츄얼리》OST 중에서 올리비아
올슨이 부르는 〈All I want for Christmas is You〉입니다.

2020.12.29.

제가 고등학생이던 1984년 이맘때 세계를 휩쓴 히트곡은 영국 그룹 퀸의 〈Radio Ga Ga〉였습니다. 사람들은 그동안 음악은 물론, 뉴스와 드라마, 코미디, 심지어 공상과학 SF 이야기까지 라디오에 의존해 살아왔는데, 그 자리를 텔레비전과 영상에 내주었다는 가사가 당시 시대 상황을 정확하게 반영하고 있죠.

난 앉아서 네게서 나오는 빛을 쳐다보곤 했지.
십 대 시절의 수많은 외로운 밤
유일한 친구였던 라디오
당시 내가 알아야 했던 모든 것은 라디오에서 들었어
모든 스타는 라디오를 통해 탄생했고
심지어 하늘을 날 수 있을 거라고 생각하게 했지……
내 오랜 친구 라디오가 우릴 떠나지 않았으면 좋겠어
부디 견디고 버텨 줘
여전히 너의 전성기는 끝나지 않았어
누군가는 아직 널 사랑하니까

퀸의 〈Radio Ga Ga〉 가사입니다.

당시에도 그리고 훨씬 영상 기술이 발달한 지금도, 라디오는 여전히 저를 포함한 많은 사람의 친구이자 꼭 필요한 정보 기기입니다. 특히 동일본 대지진과 우리나라 경주 포항 지진 발생 당시 지진 발생지역의 모든 방송과 전화 및 데이터 통신이 마비되었을 때 피해 지역 주민들에게 대피경로와 재난 정보를 제공했던 유일한 수단은 라디오였습니다. 재난안전 전문가들은 재난대응을 위해 모든 휴대전화에 라디오 수신 칩을 탑재해서 언제 어디서든 라디오를 듣게 해야 한다고 주장하지만, 아직도 국내에선 현실화되지 못하고 있죠. 2020년의 마지막 화요일, 라디오를 통해서 저와 연결되어 있는 수많은 청취자분을 생각하는 오늘의 표정이었습니다.

함께 들으실 노래는 아마도 예상하셨을 텐데요, 퀸의 〈Radio Ga Ga〉입니다.

2020.12.30.

제 청소년 시절의 꿈은 라디오 DJ였습니다. 마음을 울리는 음악
과 머리를 채우는 정보와 사람들 사는 이야기를 들려주는 라디오
는 홀로 있는 시간에 유일한 친구였죠.《두 시의 데이트 김기덕》,
《이종환의 밤의 디스크 쇼》,《별이 빛나는 밤에》를 들으며 종종 카
세트 테이프의 녹음 버튼을 누르고, DJ들의 말투를 흉내 내곤 했
습니다.

어제《2020 MBC 방송연예대상》에서 라디오 부문 신인상을 탔습니
다. 청소년 시절 막연했던 꿈이 현실이 된 것입니다.《뉴스하이킥》을
들어주신 애청자 여러분 덕분이라 감사한 마음이 샘솟습니다.

한편으론 코로나 19로 어렵고 힘들고 상처 입은 분들이 많은데
혼자 꿈을 이루는 기쁨을 누려서 송구스럽고 마음이 무겁습니다.

코로나 19로 인해 집에서 가족과 보내는 시간이 많아지다 보니
여러 세대가 함께 공감할 수 있는 음악, 영화, 드라마가 많이 만들
어집니다. 전문용어로 '뉴트로New-tro' 우리말로 '새로운 복고풍'
정도로 해석될 수 있는 이 현상은 어쩌면 그동안 서로 떨어져 전
혀 다른 문화를 누리며 단절되어 있던 우리 모습에 대한 반성에서
시작되었을 수도 있고, 옛 세대와 새 세대가 서로를 향해 함께 하
자는 소통의 손짓과 마음의 표현이기도 한 듯합니다.

1970년대 말 영국 뉴웨이브 그룹 버글스가 부른 〈Video Killed the Radio Star〉에서 사망선고를 받고, 1980년대 그룹 퀸의 〈Radio Ga Ga〉에서 기사회생했던 라디오. 다시 지금 꽉 막히는 도로 위 차 안에서, 택시와 버스 안에서, 카페와 식당 안에서, 주유소와 정비소와 마트, 꽃집 안에서……. 여러분의 마음에 작은 위안을 드리고 생활에 꼭 필요한 정보를 드리는 부담 없고 편안한 친구로 그 자리와 역할이 커지고 있는 듯해 참 다행입니다.

영상의 화려함도 좋지만, 글로 만나는 책과 소리로 만나는 라디오 역시 우리에게 따뜻한 연결과 소통의 역할을 하는 소중하고 대체하기 어려운 존재인 듯합니다.

그래서 더더욱《뉴스하이킥》애청자 여러분을 사랑합니다. 10년 뒤 제가 브론즈마우스를 타는 그 날까지, 꼭 함께해 주시길 소망하는 오늘의 표정이었습니다.

함께 들으실 노래는 버글스의 〈Video Killed the Radio Star〉입니다.

2020.12.31.

어느 보육원에서 생활하던 17세 학생이 안타까운 선택을 했다는 기사에서 눈길과 마음이 떠나지 않습니다. 그는 보육원 어린 동생들을 누구보다 세심하고 따뜻하게 보살펴 준 형이자 오빠. 특성화 고등학교에 다니며 취업을 위한 기술습득에 매진해 공모전에서 입상까지 했던 모범생이었습니다. 하지만 이제 내년이면 보육원을 떠나 자립해야 하는 불안하고 두려운 현실, 그동안 줄곧 자신을 괴롭히던 출생과 정체성에 대한 의문과 고민 등이 극단적 선택의 원인으로 추정된다고 합니다.

어려운 여건과 부족한 예산에도 사랑과 정성으로 원아들을 돌보는 보육원 교사들과 봉사자, 천사 같은 후원자들이 계시지만 여전히 부모와 가정이 있는 또래 친구들이 한참 부러울 보육원 아이들에게는 갖가지 어려움이 있습니다. 게다가 18세가 되면 그나마 보호막이 되어주던 보육원을 떠나야 하고, 500만 원의 정착지원금과 1년간 월 30만 원의 자립지원금은 순식간에 사라지죠. 사회경험이 부족한 이들의 돈을 노리는 사기범죄마저 기승을 부립니다.

이들뿐 아니라 우리 사회 구석구석에는 참 아프고 안타까운 상처가 매일매일 덧나는 삶을 이어가야 하는 분들이 여전히 많습니다. 물론, 사람도 세상도 완전하지 않아서 모든 사람이 다 행복과 평화를 누릴 수는 없습니다. 다만, 세계 10위권의 경제 대국 위상에 걸맞은 복지와 나눔 제도와 문화는 마련되어야 하는 것 아닐까요?

600조 원에 가까운 엄청난 예산, 수많은 사람이 순식간에 뜻을 모아 누군가를 공격하거나 옹호하는 대중의 힘. 이를 주도하고 선도하는 언론과 종교, 1인 미디어들. 이 엄청난 힘의 일부만이라도 국가와 사회의 관심과 지원이 정말 필요한 분들에게 나눠준다면 얼마나 좋을까요? 그러면 우리 마음을 아프게 하는 슬픈 소식보다 희망과 감동을 주는 기적을 알리는 소식들로 넘쳐 날 텐데요.

그래도 돌아보면 과거보다 분명히 나아졌습니다. 모두 함께 살아가는 이웃과 동료를 존중하고 서로에게 관심을 두는 시민 여러분 덕분입니다. 여러분이 계셔서 희망과 기대가 우리 곁에 있습니다.

저와 《뉴스하이킥》도 내년에는 더욱 진실하고 따뜻하고, 여러분과 공감하는, 믿음직한 친구가 될 수 있도록 최선 다 하겠습니다. 새해 복 많이 받으세요.

함께 들으실 노래는 페퍼톤스의 〈행운을 빌어요〉입니다.

2021.1.4.

한편으로는 새로운 희망과 기대를 가슴에 품고 다른 한편으로는 여전한 답답함과 불안감을 달래며 일상에 몰두하다 보니 새해 첫 월요일이 벌써 저물어갑니다. 이렇게 또 내일과 모레가 지나고 어느새 주말이 오고, 그다음 주도 흐르는 사이 2021년 연말이 다가오겠죠.

오늘 하루를 되돌아봅니다. 영하 10도의 강추위와 함께 시작했다가 낮에는 잠시 날이 풀렸고 저녁에는 다시 쌀쌀해졌습니다. 단 하루 동안의 날씨도 이리 바뀌는데 앞으로 우리가 헤쳐나가야 할 1년은 훨씬 더 예측불허, 변화무쌍하겠죠. 그래서 오늘은 그동안 험한 세상과 세월을 견디고 버틸 수 있게 해 준 신념과 가치들을 다시 벼리고 되새깁니다. 어린 시절 품었던 각오와 다짐을 떠올립니다. 아침의 결심을 저녁에 점검하고, 새해 첫날 세운 계획과 약속을 연말에 되돌아보듯, 어린 시절 품었던 마음, 그 초심을 거울 삼아 중년의 모습을 비춰봅니다. 26년 전 오늘, 처음 아내를 만났을 때 그 설렘과 두근거림을 떠올려 봅니다. 저와 제 가족, 그리고 여러분 모두 작년보다는 더 편안하고 행복하고 안전한, 2021년이 되길, 그리고 좋은 일이 훨씬 더 많이 생기는 2021년이 되길 기원하는 오늘의 표정이었습니다.

함께 들으실 노래는 드라마 《미생》 OST 중에서 이승열이 부르는 〈날아〉입니다.

2021.1.5.

#정인아_미안해 태어난 지 492일, 새 부모를 만난 지 7개월 만에 충격적으로 세상을 떠난 정인이를 추모하면서 슬픔과 공분이 확산하고 있습니다.

지난 2013년 울산, 칠곡, 그리고 지난해 인천, 천안, 창녕 등 전국 곳곳에서 끊임없이 발생하고 있는 참혹한 아동학대 사건에 수사기관과 법원은 가해자에게 온정을 베풀어 왔습니다. 자신을 보호할 힘이 없는 피해 아동에게 그 너그러움과 관심의 극히 일부라도 베풀어주었다면 어땠을까요?

대한민국은 그 여리고 약한 아동 피해자를 보호하기 위해 어떤 노력을 했습니까? 코로나 19 방역 책임자가 누군지 온 국민이 다 압니다. 아동학대 방지, 아동 권리 보호 책임자는 누구일까요? 뉴질랜드 정부에서는 아동부와 아동부 장관이 책임자입니다. 경찰과 법무부, 교육부, 보건복지부, 법원 등 관련 부처들에 아동 보호 정책 마련과 변화를 촉구하고 끌어냅니다. 일선 현장에서 지방자치단체 공무원, 전문가들과 함께 직접 살피고 개입하고 조치합니다. 영국, 캐나다, 미국의 여러 주 등에서는 아동보호청이나 아동 보호관 등이 책임지고 전담합니다. 우리를 제외한 대부분 OECD 급 국가에서는 경찰 등 법 집행 기관이 아동학대나 가정폭력 사건 신고에 대해 즉시 출동과 가해자 체포 우선 및 피해 아동 격리 보호 원칙을 철저하게 지킵니다. 학대 부모의 친권과 양육권을 즉시 정지 혹은 박탈하고 사랑과 관심으로 양육해 줄 가정을 찾거나 시설 마련에 최선을 다합니다.

여전히 어린이를 부모의 소유물로 인식하고, 출산율 통계 수치로만 바라보는 우리 모습은 부끄럽고 참담합니다. 우리는 모두 아기였고 어린이였습니다. 마치 야생 동물 새끼나 알처럼 스스로 살아남으라는 야만을 벗어던질 때가 되었습니다.

입양 전후 정인이 사진이 머리와 가슴에 계속 머무르는 오늘의 표정이었습니다.

함께 들으실 노래는 영화 《어린 의뢰인》 OST 중에서 연리목 작곡 연주곡인 〈미안해〉입니다.

2021.1.6.

지난해 우리나라는 사상 처음으로, 사망자 숫자가 출생한 아기 수
보다 많은 '데드크로스' 현상이 발생했습니다. 전문가들이 2040
년 혹은 2050년경 찾아올 것으로 예상했던 인구 감소가 예상보
다 무려 20~30년 앞당겨진 것이죠. 청년들은 분명 과거보다 상대
적으로 더 풍요로운 세상에서 살고 있는데도 '돈이 없어서 결혼하
고 아기 낳아 키울 생각조차 못 한다'고 말합니다. 설사 아기를 낳
는다고 해도 돈이 없어서 비교당하고 차별받고 갑질당하며 서럽게
살까 봐 두렵다고 합니다. 다른 한편으론, 끊이지 않는 아동학대 사
건과 학교폭력, 교통사고와 아동 대상 범죄, 우울증과 어린이 청소
년 자살 등 안전 문제가 심각한 데도 각종 정부기관이나 학교 등은
'우리 일 아니다', '할 수 있는 게 없다'면서 부모가 알아서 하라며
내버려두고 있는 이 나라에서 '아기에게 미안해서' 도저히 낳을 자
신이 없다고 말합니다.

충격적인 것은, 이러한 급격한 인구감소가 지난 10년간 무려 210
조 원이 넘는 저출산 대응 예산을 퍼부은 결과라는 것입니다. 먹
고 사는 문제는 기본이고, 당연히 중요하죠. 주거와 취업 육아 지
원 등 청년들이 결혼하고 출산할 수 있는 여건을 만들어주기 위한
예산은 가능한 한 많이 편성하고 집행해야 합니다. 하지만 10년
간 무려 210조 원이 넘는 예산을 퍼붓고도 마이너스 출산율을 기
록했다면, 저출산 예산 편성과 사용의 적절성과 효율성에 대한 엄

정한 분석 평가가 있어야 합니다. 불법과 부당함이 발견된다면 무거운 책임이 뒤따라야 할 것입니다. 나라 전체의 돈이 더 많아지고 저출산 예산의 규모가 더 커진다고 자동으로 출산율이 높아지지도 않을 것 같습니다. 더 큰 문제는, 임신과 출산, 사람의 생명 문제를 단순하게 돈이나 통계 속 숫자로만 보는 저급한 인식, 선거에서 표를 더 얻고 여론조사 지지율을 높이는 데 이용하겠다는 정치꾼들의 치졸한 태도와 언행 불일치의 모순입니다. 그분들께 말씀드립니다. 진지하고 솔직해졌으면 좋겠습니다. 돈과 숫자와 통계로 생명과 삶을 농락하지 말았으면 좋겠습니다. 힘들고 어렵겠지만, 본질을 직시하고 다음 세대는 지금보다 더 공정하고 안전한 세상에서 살 수 있게 될 것이라는 확신을 줬으면 좋겠습니다. 그래서 청년들이 마음껏 사랑하고, 결혼하고 새 생명이 탄생하고, 그 여리고 약한 어린 생명이 어른이 될 때까지 안전하게 보호받는 너무도 평범하고 정상적인 사회가 되었으면 좋겠습니다.

저를 포함한 예비 조부모들은 손주를 보고 싶은 마음이 굴뚝같지만 다른 한편으론 이 험한 세상에서 부모가 되어 불안과 걱정을 안고 살아야 할 자녀 걱정도 한 가득입니다. 손주가 무척 보고 싶고, 하루빨리 할아버지가 되고 싶지만, 아내와 딸 눈치가 보여 그 소원을 입 밖에도 내지 못하는 오늘의 표정이었습니다.

함께 들으실 노래는 에드 쉬런의 〈Photograph〉입니다.

2021.1.7.

'민주주의에 대한 참을 수 없는 공격', '미국 의회에서 수치스러운 장면이 벌어지고 있다', '트럼프와 그의 지지자들이 민주주의를 짓밟는다'…….

어제 미국 수도 워싱턴 디시 국회의사당에서 발생한 사상 초유의 시위대 폭력난입 사태에 대해 영국, 캐나다, 스웨덴, 독일, 프랑스 등 세계 각국에서 나온 우려의 표현들입니다.

2021년 1월 6일은 미국 민주주의 치욕의 날로 기록될 듯합니다. 지난해 치러진 대통령 선거 결과 조 바이든 후보가 미국 대통령으로 당선되었다는 공식 선언이 이루어지기 직전, 트럼프 현 대통령 지지자들이 무력으로 경찰과 국회 경비대의 방어를 무너트리고 국회의사당에 난입했습니다. 상원의장인 펜스 부통령과 상원의원들, 펠로시 하원의장과 하원 의원들 모두 혼비백산하여 긴급대피하면서 미국 민주주의 상징인 국회의사당은 무법천지로 변해버렸죠.

당일 백악관 앞 대중 시위장에 나타나 대선 불복 연설을 했던 트럼프 대통령은 그 시위대가 의회를 폭력 점거하자 뒤늦게 트위터에 "폭력은 안 된다, 우리는 법 집행의 당이다"라는 글을 올렸다고 합니다.

미국이 왜 이 지경까지 왔는지 지난 4년의 과정을 전 세계가 목격했습니다. 트럼프의 언행과 그에 따른 대중의 반응과 행동은 민주주의 종주국이라는 미국에서 벌어진 '민주주의 파괴 교과서'라고 할 만했습니다. '자신의 이익을 위해 옳지 않은 선택을 하고 이를 합리화하기 위해 거짓 선동을 반복한 정치 지도자와 그를 추종하는 자들이 파괴한 민주주의'.

이 서글픈 비극은 세계가 미국에 몰아준 엄청난 힘이 제대로 사용되지 못함을 의미하고, 이는 예멘과 시리아, 북한 등에 있는 어린이들이 처참한 굶주림과 폭력 속에 스러져 가는 참상으로 이어집니다. 정도의 차이는 있겠지만, 우리나라를 비롯한 세계 곳곳에서 트럼프와 그의 추종자들을 닮은 행태를 보이는 이들이 맹위를 떨치고 있습니다. 그 결과는 역시 그 나라와 사회에서 가장 힘없고 약한 사람들의 아픔과 고통으로 귀결됩니다.

우리가 코로나 19와 힘겨운 싸움을 벌이는 사이, 자신의 이익을 최대한 챙기기 위한 정치 선동과 거짓말에 여념이 없는 트럼프 워너비들과 그 추종자들이 한파와 폭설의 찬 기운을 맞고 정신 차리길 소망합니다. 오늘의 표정이었습니다.

함께 들으실 노래는 자우림 (feat. 사이드 비 & 슈퍼키드)가 부르는 〈정신차려〉입니다.

2021.1.8.

어린이와 여성이 다수 포함된 인종차별 반대 시위 군중에게 가차 없이 무력을 행사한 미국 경찰이 정작 국회의사당에 난입한 백인 폭도들에게는 무기력한 대응으로 일관해 비난과 의심이 쏟아지고 있습니다. 차별이나 편견 없이 사람의 생명과 자유를 보호해야 할 경찰이 백인 우월주의, 뿌리 깊은 인종차별과 극우 성향의 정치적 편향성에 경도되어 있다는 지적입니다.

우리나라에서도 경찰에 대한 비난과 의심이 거셉니다. 아동학대, 가정폭력과 성폭력, 그리고 힘 있고 가진 자의 갑질 범죄 등에 지나치게 관대하지만 피해자와 약자는 제대로 보호하지 않는다는 것이 그 이유입니다.

최근 발표된 미국 여론조사 업체 갤럽의 OECD 34개 회원국의 경찰 신뢰도 조사에 따르면 한국은 59%로 꼴찌에서 두 번 째였습니다, 미국은 중간에 그칩니다. 반면에, 스위스, 아이슬란드, 오스트리아, 캐나다, 뉴질랜드 등 공정성과 약자 보호 원칙을 철저히 준수한 나라의 경찰들은 90%를 넘나드는 신뢰도를 나타내며 상위권을 차지했습니다.

경찰이 신뢰를 잃으면 약자들이 보호받지 못하고 억울해집니다. 우리 국민은 '권한이 없어서 그동안 제대로 못 했다'는 경찰의 말을 믿고 수사종결권을 포함한 독자적 수사권한을 주었습니다. 이제 경찰이 국민에게 답할 차례입니다. 부자와 권력자, 목소리 크고 힘센 강자에게 쩔쩔매고 피해자는 외면하며, 약자 앞에서는 큰소리치는 경찰은 2020년과 함께 끝나야 합니다. 2021년은 '어떤 압력과 유혹에도 굴하지 않고, 오직 진실과 정의, 국민의 생명과 재산 보호에 최선을 다하는 경찰'의 시작이어야 합니다.

세계에서 가장 학력이 높은 경찰, 높은 경쟁률, 고난도의 채용시험과 승진시험에 대비해 교과서와 기출문제를 달달 외우는 대한민국 경찰보다는 학력과 상관없이 엄정하고 체계적인 검증과 훈련을 거친 순경이 신념과 용기, 원칙에 따라 일하는 유럽 혹은 뉴질랜드 경찰이 더 높은 신뢰를 받는 이유를 진지하고 솔직하게 들여다봐야 합니다.

지금 이 순간에도 경찰 밖에는 기댈 곳 없는 피해자들에게 든든한 생명줄 역할을 하는 우리 곁의 영웅, 경찰의 혁신과 분발을 기원하는 오늘의 표정이었습니다.

함께 들으실 노래는 더 폴리스의 〈Every Breath You Take〉입니다.

2021.1.11.

지천명, 50이 넘으면 세상의 이치를 알고 그에 따르게 된다고 하죠. 그래서일까요? '우리는 이대로 이 방식대로 계속 살아가도 될까?' 라는 생각이 많아집니다.

썩지도 사라지지도 않는 플라스틱을 무한정 만들어 쓰고 버리는 우리, 지구온난화를 야기하는 화석연료를 사용해 공장을 가동하고 이동하고 냉난방을 하며 사는 우리, 그로 인해 북극 빙하가 사라지고 아마존 열대우림이 불타 없어지고 해양생물 뱃속에는 플라스틱 쓰레기가 가득하고……

무책임한 환경파괴와 안전사고 등 위험 방치의 대가로 음식과 상품, 사치 향락이 넘치는 풍요로운 세상의 다른 한편에선 굶주리거나 지낼 곳이 없거나 아파도 치료받지 못하는 사람들이 있습니다. 먹고 살 수는 있어도 불평등, 불공정과 차별로 인해 기회조차 제대로 부여받지 못해 상대적 박탈감과 억울함, 분노를 안고 살아가는 사람도 많습니다. 여전한 전쟁의 위협과 생명을 손상하는 범죄 역시 우리 스스로 만들고 키우고 있습니다. 코로나 19 역시 인간의 환경파괴와 야만적인 야생동물 섭취가 야기한 인재로 추정되고 있습니다. 이대로라면 머지않아 코로나 19보다 훨씬 더 세고 무서운 바이러스가 들이닥칠 수 있다는 섬뜩한 경고마저 나오고 있죠.

함께 머리를 맞대고 문제를 해결해도 늦지 않았을까 걱정되는 상황인데, 여전히 우리는 나뉘고 갈려 사생결단의 싸움만 벌이고 있습니다.

세상 만물 중에 가장 지능이 높고 우수해서 만물의 영장이라고 자칭하는 우리 인류, 사실은 가장 어리석고 오만한 존재가 아닐까 하는 생각이 듭니다. 소위 선진국이라던 미국과 유럽이 코로나19 사태에서 보여준 야만과 무지의 민낯은 더욱 이런 우려를 부추깁니다. 하지만 이미 오래전부터 인류의 오류를 지적하고 대안과 해결책을 제시해 온 분들, 온 몸을 던져 스스로 실천해 온 분들이 계시기에 기대와 희망을 찾습니다. 너무 늦었고, 너무 미약하지만, 저도 반성하는 마음으로 제가 할 수 있는 생활 속 실천을 해나가겠습니다. 이제라도 우리가 뜻과 마음을 모아 함께 노력하면 우리 후손들은 인류와 지구 환경이 공존하며 지속가능한 평화로운 세상에서 살 수 있다는 희망을 잃지 않겠습니다.

세계인의 가슴을 울리는 명곡 〈이매진Imagine〉의 가사를 쓰고 곡을 만들던 50년 전 존 레논의 마음을 알 것 같은 오늘의 표정이었습니다.

함께 들으실 노래는 존 레논이 부르는 〈Imagine〉입니다.

2021.1.12.

"당신은 행복하십니까?" 이 질문을 받는다면 뭐라고 답변하시겠습니까? 그동안 어린이부터 어르신까지 다양한 청중을 대상으로 강의하며 던진 질문이었습니다. "네" 라고 자신 있게 대답하신 분도 계셨고, "아니요" 라고 명확히 답하신 분도 있었습니다만 다수는 머뭇거리셨죠. 그분들 중 한 분을 지목해 왜 답을 안 하시느냐고 다시 질문했습니다. 그러자 "어떨 땐 행복하고 어떨 땐 불행하고, 대부분은 행복한지 불행한지 모르고 그냥 살고 있죠. 그래서 잘 모르겠어요" 라고 답하셨죠. 그러자 침묵하던 여러분이 "저도 그래요"라거나 고개를 끄덕이셨습니다. 또 다른 분은 "행복의 기준이 뭐냐에 따라 다르겠죠. 돈이 많아도 불행한 사람이 있고 가난해도 행복하다고 느끼는 사람이 있잖아요"라고 하십니다. 어떤 분은 "남이 나보다 잘살면 불행하고 내 아이가 다른 아이보다 공부 잘하면 행복하고 그렇죠"라고 하십니다. 제가 만난 흉악 범죄자들은 하나같이 행복이란 '평범한 삶' 이라고 답했습니다. 행복은 사람마다 기준이 다른 매우 주관적인 감정이죠.

행복의 기준이 무엇인지를 평생 연구한 네덜란드 심리학자 루트 비엔호벤은 인간은 '안전' 이라는 필요조건과 '사랑하는 사람과의 좋은 관계' 라는 충분조건이 충족되는 정도에 따라 행복한 정도가 달라진다는 것을 발견했습니다. 전쟁, 질병, 사고, 범죄, 가난 등으로 인해 생존에 심각한 위험과 불안이 생긴다면 행복을 생각할 여유조차 없겠죠. 하지만 가장 안전하게 잘 살며 복지제도도 좋은 북유럽에서도 자살률이 높고, 가장 안전한(?) 교도소 안 에서 행복을 느낄 수 없듯이 인간에겐 사랑, 그리고 사랑하는 사람과의 좋은 관계가 행복의 기본 조건입니다.

코로나 19로 인해 가족끼리 오랜 시간 집 안에 함께 있거나, 혹은 혼자 외롭게 떨어져 지내야 하는 상황이 길어지고 있습니다. 그러자 가정불화와 이혼율이 높아지고 층간소음 등 이웃 간의 분쟁도 심해지고 있습니다. 사이비 종교가 기승을 부리고 우울증과 불안장애 등 정신 심리적 문제도 악화되고 있다고 합니다. 그동안 우리가 '사랑하는 사람과의 좋은 관계' 보다 먹고 사는 문제에 지나치게 치중하며 살아온 결과가 아닐까요? 그 결과 정작 '안전'이 필요한 분들에겐 예산이나 사회적 자산이 필요한 만큼 가 닿지 않고, 이미 안전한 사람들에겐 오히려 행복을 해칠 정도로 주어지는 모순 속에 살고 있지는 않은가요? 행복하기 위해 애쓰며 노력하는 삶이 오히려 서로 갈등을 일으키며 가족 간의 관계를 해치고 있지는 않은지 생각해 봤으면 좋겠습니다.

물질적 풍요보다 사랑이 넘치는, 그래서 더 행복한 내일을 꿈꾸는 오늘의 표정이었습니다.

함께 들으실 노래는 터틀스가 부르는 〈Happy together〉입니다.

2021.1.13.

이제 아이들이 새 학기 준비를 시작할 때입니다. 코로나 19로 집에 있던 아이들이 이번 봄에는 교실에서 친구들과 웃으며 인사할 수 있었으면 좋겠습니다.

그런데 평범한 아이들과는 차원이 다른 아픔을 겪는 아이들이 있습니다. 학대받는 아이들이죠. 소위 '정인이 사건'으로 알려진 서울 양천구 '양부 안 씨, 양모 장 씨 사건'으로 인해 아동 학대에 관한 관심이 높아졌지만, 우리 주변의 수많은 피해 아동들은 여전히 도움의 손길을 받지 못하고 있습니다.

어린이 안전을 제대로 지키지 못한다면 결코 제대로 된 민주주의 문명국가라고 할 수 없습니다. 나라마다 조금의 차이는 있을지라도 아동학대 대응 원칙은 유사합니다. 먼저, 전 국민이 아동학대 신고의무자 역할을 합니다. 둘째, 경찰이나 아동학대 전담공무원은 책임감과 충분한 권한을 가지고 즉시 출동합니다. 셋째, 학대 의심 정황이 발견되면 바로 아동을 격리 보호하고 전문가는 심층 조사를 시작합니다. 만약 응급상황이라면 아동을 바로 병원으로 이송하고 가해자를 체포합니다. 넷째, 혐의가 확인되면 가해자는 기소되거나 치료 혹은 교육을 받습니다. 아동은 위탁가정, 보호시설 등에서 보호 양육을 받고요. 다섯째, 가해자가 중형을 선고받거나 정신과적 질환이 있어 양육이 어렵다고 판단되면 양육권을 박탈하고 입양 절차를 밟습니다. 이 기본 원칙이 우리나라에서는 왠지 잘 작동하지 않고 있습니다.

정인이 사건 이후 국회에선 입법이 쏟아지고 경찰은 대국민 사과와 함께 개선책을 내놨습니다. 충분한 상황조사와 현장의 문제 등을 조사하지도 않고 이렇게 빨리 내놓은 법과 정책, 과연 실효성이 있을까요? 피해 아동과 현장의 목소리에 귀 기울여 무엇이 잘 못됐고 어떻게 고쳐야 하는지 확인한 뒤에 대책을 내놔야 합니다. 그리고 실천을 위한 개혁을 이루어 내야만 '실질적인 아동 보호 시스템' 을 구축할 수 있습니다.

오늘 열린 정인이 사건 첫 재판을 계기로 더 거세질 아동학대 방지 여론이 부디 근본적인 변화와 실효성 있는 대책으로 이어지길 바라는 오늘의 표정이었습니다.

함께 들으실 노래는 드라마《나의 아저씨》OST 중에서 손디아가 부르는 〈어른〉입니다.

2021.1.14.

셜록 홈스, 탐정 포와로, 미스 마플……. 100여 년 전 영국 추리 소설과 작가 코난 도일, 아가사 크리스티를 모르는 분은 거의 없습니다. 추리 소설을 좋아하는 분들은 일본 작가 히가시노 게이고, 미국 작가 마이클 코넬리, 추리 소설 마니아라면 노르웨이 작가 요 네스뵈 혹은 이탈리아 작가 도나토 카리시 등 유럽 작가들의 소설에 심취하기도 합니다. 우리 아이들은 일본 작가 아오야마 고쇼가 만든 『명탐정 코난』, 청소년들은 카나리 요자부로의 『소년 탐정 김전일』 등 만화 캐릭터에 빠져 있습니다.

잠시라도 현실을 잊고, 악의 실체를 파헤치며 짜릿한 긴장감을 느끼게 하는 추리 소설은 현대 인류의 필수품 아닐까요? 그런데 『여명의 눈동자』, 『제5열』, 『국제 열차 살인사건』 등 1970~80년대 화제의 명작들을 썼던 한국 추리소설가 김성종을 기억하는 분들의 수는 점점 줄어들고 있죠. 김성종 이후 국내에는 독자들이 밤새워 책장을 넘기며 뇌세포를 풀가동하게 만드는 추리 작가도 잘 보이지 않습니다.

외국 소설이 주는 이국적인 향취도 좋지만, 우리 소설의 토속적인 맛도 꼭 필요하겠죠. 그래서 지난 연말 김영하 작가의 『살인자의 기억법』이 독일 추리문학상을 받았다는 소식은 사막의 오아시스처럼 반가웠습니다. "삶과 죽음에 대해 깊고 유머러스한 반성을 찾을 수 있었다"는 심사평은 큰 울림을 주기도 했습니다. 추리문

학은 상상력과 창의력의 영역이지만 사회의 현실, 동시대인의 정
서가 잘 담길수록 좋은 작품이겠죠. 전 세계 독자가 공감할 수 있
는 한국 추리문학의 가능성을 보여준 국내 작가들의 다음 작품이
더욱 기다려지는 이유입니다. 김영하 작가뿐 아니라 『남편을 죽
이는 서른 가지 방법』, 『반가운 살인자』, 『잘 자요 엄마』를 쓴 서
미애 작가 등 한국 추리소설의 전성기를 일궈줄 작가들 역시 주목
할 필요가 있습니다. 『잘 자요 엄마』는 이미 지난해 2월 영문판에
이어 프랑스 등 유럽 각국에서 속속 번역 출간이 이뤄지고 있다고
합니다.

백범 김구 선생님은 '나의 소원'에서 해방된 대한민국은 일본처
럼 남을 침략하는 힘 센 나라가 아닌, 이웃과 인류에게 도움을 주
는 '문화 강국'이 되길 소망한다고 하셨습니다. 이미 BTS와 영화
《기생충》등 대중예술 분야에서 문화강국의 토대를 마련해주고
있습니다.

언젠가 전 세계 모든 독자가 한국 추리 작품과 그 캐릭터에 푹 빠
지는 즐거운 상상을 하는 오늘의 표정이었습니다.

함께 들으실 노래는 샤이니의 〈셜록〉입니다.

2021.1.15.

며칠 전, 태국 반정부 시위대 중 한 명이 왕실모독죄 위반 혐의로 체포됐습니다. 태국에서 왕실모독죄는 최고 징역 15년까지 선고받는 중범죄입니다. 여기에 그치지 않고 태국 총리는 왕실모독죄 적용을 확대하고 수사에 속도를 낼 것을 지시했습니다. 태국 기술범죄단속국은 온라인에 왕실모독 글을 올린 행위에 대해 글 작성자를 확인한 뒤 경찰 조사를 받으라는 출석요구서를 발부했습니다.

우리와 달리 왕정제를 유지하고 있는 나라에서 신성한 왕실의 권위와 명예를 유지하는 것이 중요하고 그와 관련된 법을 시행 중이라면 그건 그 나라 내정이고, 우리는 여행 중에 혹시 현지법을 몰라 낭패를 당하지 않도록 유념해야 할 것입니다. 하지만 다른 나라의 법 애기를 꺼낸건 단순히 남의 나라 애기만은 아니기 때문입니다. 첫째, 이미 우리 국민을 향한 신원 정보 확인과 조사, 출석요구서 발부 등 법 집행 절차가 이뤄졌고 앞으로도 확대될 가능성이 있습니다. 실제로 작년 12월 저희와 인터뷰했던 20대 회사원 배찬영 씨는 태국 유학과 근무 경험이 있어서 태국어를 알고 현지 사정에 밝아 태국민주화운동에 참여하는 학생들에게 힘을 주기 위해 '라마 11세(태국의 다음 국왕)는 필요하지 않다'라고 트위터에 썼다가 태국법에 저촉되었다는 태국 법원의 명령을 받았습니다. 앞으로 태국을 방문하면 배찬영 씨에게 어떤 일이 생길지 모릅니다. 이건 비단 배찬영 씨만의 문제가 아닐 것입니다. 둘째,

태국 학생과 청년, 민주화 운동 참가 시민들이 애타게 한국 시민들의 관심과 응원을 바라고 있습니다. 일제강점기, 한국전쟁, 그리고 1980년 광주민주화항쟁, 1987년 6월 항쟁 등 독립과 민주주의 쟁취를 위한 고통 속에 비친 한 줄기 빛은 세계의 동료 시민들이 보여준 관심과 응원이었습니다. 세계 시민들의 관심과 응원은 그 나라 정치와 언론을 움직이고 UN 등 국제사회의 적극적인 역할을 끌어내 강고한 침략자나 독재 세력의 양보나 항복을 이끌어냅니다.

태국의 전통과 문화, 법과 제도를 존중합니다. 하지만 그 어떤 것도 시민의 생명과 자유, 인간의 기본권을 짓밟아선 안 됩니다. 동료 시민으로서 민주주의를 향한 태국 시민들의 노력을 지지하고 응원합니다. 부디 태국 정부가 무리한 왕실모독죄 적용을 멈추고 대화와 타협, 소통과 합의라는 민주주의 원칙에 따라 문제를 해결해 주길 기원하고 촉구합니다.

태국 시민들이 모두 안전하고 평안하길 기원하는 오늘의 표정이었습니다.

함께 들으실 노래는 볼빨간사춘기가 부르는 〈가리워진 길〉입니다.

2021.1.19.

"철학자 가브리엘 마르셀은 인류를 호모 비아토르^{Homo Viator},
여행하는 인간으로 정의하기도 했다.
인간은 끝없이 이동해왔고 그런 본능은 우리 몸에 새겨져 있다."

김영하 작가의 에세이 『여행의 이유』 속 한 구절입니다.

새해가 시작된 후 20일이 지나는 내내 왠지 답답하고 의욕이 떨어지는, 긴 슬럼프를 겪었습니다. 말로만 듣던, 그리고 남의 일로만 알았던 갱년기 증상, 혹은 코로나블루가 찾아온 게 아닌가, 곰곰이 스스로 돌아보다가 '여행 금단증상' 이라는 결론에 도달했습니다.

우리 인간의 본능 중 하나인 여행. 걸어서 대륙을 이동하고 나뭇조각에 의지해 바다를 건너 새로운 땅을 찾고 탐험해온 인류. 문명화된 세상에서 휴가로, 출장으로 충족해 온 여행 본능을 너무 오랫동안 억눌러왔던 겁니다. 여행사진들을 정리하고, 낯선 곳을 배경으로 한 영화를 찾아보면서 간접 여행, 방구석 여행을 시도해 봤지만 별 효과는 없는 듯합니다. 그래서 다른 대안을 찾았습니다. 마스크 쓰고 운동화 신고, 귀에 이어폰 꽂고 동네 한 바퀴를 도는 '작은 여행' 을 시작한 겁니다. 이 작은 여행은 의외로 효과가 큽니다. 뛰다가 걷다가 풍경보고 생각도 하다 보니 건강도 좋아지고, 머리도 맑아지고, 무엇보다 의미 있는 '여행 효과' 가 있죠.

물론, 이 나만의 작은 여행이 진짜 여행을 대체할 수는 없습니다. 하지만 코로나 19가 극복되고 우리 모두 자유와 해방을 얻는 그때, 진짜 여행을 제대로 떠날 수 있을 때까지 버틸 수 있게는 해 주리라 믿습니다.

저의 이 '여행 금단증상' 보다 더 힘든 고통과 어려움을 겪는 분들께는 국가의 재난지원금과 정책, 사회의 지원 시스템이 도움되길 기원합니다. 그래서 우리 모두 이 기나긴 고난의 터널을 잘 견뎌 냈으면 좋겠습니다.

힘든 시기를 함께 지나는 동안 응원과 격려 주고받으며 서로에게 힘이 되어주는 동료 시민들이 새삼 고마운 오늘의 표정이었습니다.

함께 들으실 노래는 빌리 아일리시의 〈Come out and play〉입니다.

2021.1.20.

새해 계획 세우신 분들, 잘 지키고 계십니까? 저도 매년 새해가 되면 계획을 세우고 꼭 지키겠다고 다짐을 하는데요, 솔직히 말씀드리면 새해 계획을 제대로 지킨 적은 단 한 번도 없었습니다. 일주일에 한 권 이상 책을 꼭 읽겠다, 매일 아침 운동을 하겠다, 수입 일부를 매달 저축하겠다, 가족에게 더 친절하고 따뜻하게 대하겠다, 환경보호를 생활화하겠다, 기부와 봉사활동을 열심히 하겠다……. 새해 계획만 제대로 지키고 살았다면 아마도 전 이미 부자가 되어 있을 거고, 훌륭한 인격과 자랑할 만한 건강과 몸매를 유지하며, 늘 웃음과 행복이 넘치는 가족과 함께 사회공헌도 많이 하는, 영화 속 주인공 같은 사람이 되어 있겠죠. 하지만 현실은 정반대죠.

지키지 못했다고 해서 새해 계획이 의미가 없는 건 아닙니다. 완벽한 실천은 불가능에 가까울 정도로 어렵지만, 어떤 계획을 세우느냐, 어떤 다짐을 하느냐는 어떤 삶을 지향하느냐를 결정하게 되죠. 매일 제대로 실천한다면 당연히 계획하던 모습의 삶을 살게 되고, 매일 실천을 못 하면 아쉬움과 죄책감이 생겨서 어떤 방식으로든 보완 혹은 보충하고 싶다는 욕구로 연결되죠. 매일 매일 만나게 되는 수많은 선택의 순간에서 실천하지 못한 새해 계획을 보완하고 보상하는 방향의 결정을 하게 됩니다. 결국, 그리려던 호랑이는 못 그려도 닮은 고양이는 그릴 수 있게 되죠.

새해가 시작된 지 20일이 지났습니다. 비록 올해도 역시 새해 계획 중 대부분이 깨졌지만, 오늘 여러분께 말씀드리고 저 자신에게 다시 상기시키며 새해 계획 실천, 제대로 지키지 못한 아쉬움과 죄책감을 보상하기 위한 노력을 다시 시작하려 합니다.

여러분은 저보다 더 새해 계획을 잘 지키시길, 새해 계획 잘 못 지켰어도 다시 힘내시길 기원하는 오늘의 표정이었습니다.

저희 제작진 중의 한 명은 4일에 한 번씩 계획을 세운다고 하네요. 작심 3일을 4일에 한 번씩 해보는 것도 좋은 방법이라고 주장은 하는데요, 4일 마다 계획을 세우는 계획도 실천하기 쉽지는 않아 보입니다.

제가 오늘 고른 노래는 소녀시대가 부르는 〈힘내〉입니다.

2021.1.22.

후원회비 횡령과 학부모 성폭력 혐의 등으로 재판을 받아온 정종선 전 한국 고등학교 축구연맹 회장. 1심 재판부는 어제 대부분 혐의에 대해 무죄를 선고했습니다. 법원은 정종선 전 회장이 학부모들로부터 성과금을 받은 부분만 청탁금지법 위반이라고 보고 벌금 300만 원을 선고했습니다.

정 전 감독 측은 음모와 모함의 희생자였다는 것이 밝혀졌다면서 억울함과 함께 끝까지 진실을 밝히겠다고 했습니다. 반면에, 자녀의 진학을 볼모로 잡힌 학생 운동선수의 학부모들이 지도자들의 무리한 요구에 시달리고 있다고 믿는 많은 사람이 판결이 잘못됐다면서 재판부를 성토하고 있습니다.

피해자 측의 의견을 받아서 검찰에서 항소한다고 하니 사법적 판단은 잠시 보류하더라도 이 사건을 계기로 학교 엘리트 스포츠에 대한 진지한 고찰과 과감한 변화의 노력은 당장 시작해야 합니다. 어린 시절 모든 것을 포기하고 오로지 운동에만 전념했던 학생 선수들은 고등학생이 되면 극소수에게만 대학 특례 입학 또는 프로선수가 되는 기회가 주어지는 차가운 현실을 마주해야 합니다. 평균 10여 년의 세월 동안 매월 수십만 원에서 수백만 원에 이르는 비용을 부담하며 자녀의 훈련과 경기 뒷바라지를 위해 많은 것을 포기했던 부모들의 불안과 분노는 커질 수밖에 없죠.

한편, 학교 스포츠 지도자 대부분은 신분과 처우가 불안하고 열악한 비정규직입니다. 학부모가 내는 회비 등에 생활과 훈련 및 경기 지도비용의 상당 부분을 의존해야 합니다. 성적에 따라 학교 재단 등의 지원 혹은 감독 코치의 운명이 결정되고요.

그러다 보니 학부모 일부에게는 검은 유혹의 손길이 다가선다고 합니다. 거액의 돈을 내거나 인맥이 좋은 지도자가 무리한 청탁을 한다면, 자녀가 프로팀 혹은 대학 선수단에 '끼워 넣기' 형태로 들어갈 수 있다고 속삭입니다.

하루라도 빨리 바꾸어야 합니다. 학교 스포츠에서 발생하는 횡령 및 입시 비리 등의 범죄에 대한 특단의 조사와 수사, 처벌이 필요합니다. 그리고 무엇보다 부정과 비리의 온상이 될 수 있는 제도와 관행을 바로잡아야 합니다.

규칙을 철저히 지키며 땀 흘린 최선의 노력으로 공정하게 경쟁하는 스포츠, 인간 신체능력의 한계에 도전하며 예술에 가까운 아름다움을 만들어내는 스포츠가 우리 아이들에게 깨끗한 꿈의 무대가 되길 소망하는 오늘의 표정이었습니다.

함께 들으실 노래는 사이먼 앤 가펑클의 〈The Boxer〉입니다.

2021.1.25.

지난주 월요일 눈이 펑펑 내리던 서울역 앞 광장에서 있었던 일입니다. 길을 가던 한 남성에게 노숙인이 다가가 말을 겁니다. 너무 추워서 그러니 커피 한 잔만 사달라고. 그러자 남성은 자신이 입고 있던 코트와 장갑을 벗어줬고 주머니 속 현금 5만 원 까지 쥐여줬습니다. 일부 냉소적인 사람들이 '설정 아니야?' 라고 의심할 정도로 아름다웠던 장면이었습니다.

지난 연말 함께 살던 어머니가 숨지자 아무 생계 대책 없이 지하철 이수역 입구에서 노숙하며 구걸하던 지적 장애 청년을 끈질기게 설득해 구해준 사회복지사. 자신도 넉넉하지 않으면서 더 어려운 이웃을 위해 써달라며 익명의 기부를 한 전국 곳곳의 이름없는 천사들. 돈과 권력을 쥔 사회적 강자들이 약자와 세상을 속이고 우롱하는 모습에 분노하고 좌절한 시민들이 그래도 희망과 기대를 잃지 않는 것은 이렇게 우리 곁에 있는 사람 냄새 물씬 나는 이웃들 덕분인 듯합니다.

그리고 내일은 고(故) 이수현 의인의 20주기입니다. 2001년 1월 26일 어학연수 중이던 그는 일본 도쿄 신주쿠 JR 신오쿠보 역에서 선로에 떨어진 일본 시민을 구하고 고인이 되었습니다. 일본 시민들과 언론은 20년 간 한결같이 그를 기리고 있습니다. 게다가 이수현 의인의 어머니는 한국과 일본의 민간 교류를 이어가고 싶어 했던 아들의 유지를 잇고 계십니다. 아들의 이름을 딴 'LSH 장학회'를 통해 일본 각지에서 보내온 성금으로 유학생들을 지원 하고 있죠. 우리 곁의 착한 이웃들이 끼친 선한 영향력은 국경과 시간의 벽마저도 쉽게 허물고 멀리 그리고 길이 전파됩니다.

지금도 어디에선가 자신보다 더 어려운 이웃을 위해 손을 내밀고, 가슴을 열어 주는 우리 곁의 천사들 생각에 마음이 따뜻해지는 오 늘의 표정이었습니다.

함께 들으실 노래는 잭 존슨의 〈Better Together〉입니다.

2021.1.26.

"차라리 죄를 지을 때마다 그 즉시 확실하게 벌이 내려졌더라면 좋았을 것을.
차라리 벌을 받았더라면 영혼은 정화되었을 텐데.
가장 공정한 신에게 바치는 기도는 '우리 죄를 용서하시고'가 아닌 '우리 죄를
벌하시고'가 되어야 했다."

오스카 와일드의 소설 『도리언 그레이의 초상』의 주인공 도리언
그레이가 자기 대신 모든 잘못을 떠안고 늘어 간 초상화를 찢으며
내뱉는 한탄입니다.

쾌락과 성공, 부와 명예를 최대한 누리는 한편, 이를 망치거나 해
칠 수 있는 죄나 실수를 덮고 감출 수만 있다면 얼마나 좋을까요?
도리언 그레이처럼 자신의 모든 나쁜 것들을 대신 가져가 주는 초
상화가 주어진다면 거부할 수 있는 사람은 또 얼마나 될까요?

돈과 권력, 혹은 친분 등으로 처음 저지른 잘못을 덮은 사람들은
결국 언젠가는 초상화를 찢는 도리언 그레이의 심경이 됩니다.
'차라리 죄를 지을 때마다 처벌을 받았더라면 좋았을 것을…….'
하고 말이죠.

잘못을 덮는 과정에서 더 많은 죄를 저지르고 피해자나 선량한 사
람에게 추가 가해를 자행하는 한편, 자신을 믿는 순진한 사람들
을 공범으로 끌어들이는 수많은 도리안 그레이에 비하면 정의당

의 성폭력 사건 처리는 정상적인 결정이었습니다. 자신의 행위를 인정하고 당에 처벌을 요구한 김종철 전 대표는 그에 합당한 벌을 받고 영혼이 정화되기 바랍니다.

무엇보다 자신과 소속 정당에 불이익과 불편한 후유증이 거세게 밀어닥칠 것을 잘 알면서도 피해 사실을 밝히고 가해자에 대한 처벌을 요구한 장혜영 의원의 용기는 응원과 존경을 받아 마땅합니다. 특히, 가해자와 동조세력의 2차 가해 앞에서 피해 사실 자체를 알리거나 인정받기 어려운 현실로 인해 고통받고 좌절하는 수많은 다른 피해자에게 위로와 용기를 주는 선한 영향력에 감사드립니다.

자신의 노력과 업적, 지위, 명예, 행복 등이 훼손되고 무너질까 봐 잘못을 덮고 감추려는 우리 곁의 도리언 그레이들이 부디 하루빨리 초상화를 찢고 진실과 책임을 향한 용기를 찾길 기원하는 오늘의 표정이었습니다.

함께 들으실 노래는 혁오의 〈Paul〉입니다.

2021.1.28.

신(神)은 있습니까?
특정 종교의 교리가 옳다고 믿습니까?

수천 년간 우리 인류 그리고 각 개인에게 던져진 질문입니다. 수많은 연구와 토론이 있었지만, 누구도 정답을 낼 수 없는 문제이기도 하죠. 그래서 이 첨단 과학 시대에도 종교와 신앙만큼은 각자의 선택, 각 종교나 교단 혹은 성직자의 자유 영역으로 남아 있습니다.

저는 가난하고 힘들었던 유년기를 산골 작은 교회 목사님 가족과 교회공동체의 보살핌으로 이겨낸 기억과 초등학교 입학과 함께 시작된 천주교 신앙생활을 통해 배운 사랑과 평화가 마음에 새겨져 있습니다. 그런 제게 종교와 신에 대한 의문과 냉소가 자리 잡은 지 오래입니다. 너무도 반종교적이고 반 신앙적인 종교 지도자와 단체들 때문입니다. 일부 종교 교단이나 유력 성직자들은 정치인보다 더 권력을 탐하고, 상인보다 더 돈을 앞세웁니다. 심지어 성적 쾌락에 탐닉하면서 성직자니까 괜찮다고, 이해 못 할 합리화를 합니다.

저 먼 원시시대 하늘에서 떨어진 벼락과 불, 폭우와 폭풍 등 무서운 자연 현상을 신의 뜻으로 해석하기 시작한 인류와 종교의 만

남. 과학의 발전이 무수한 종교의 신비를 벗겨냈지만, 여전히 죽음과 불행의 공포를 두려워하는 많은 사람이 종교를 찾습니다. 신과 종교의 진실은 여전히 믿음의 영역이죠. 종교의 자유는 보장되어야 합니다. 하지만 종교의 이름으로 자행되는 범죄와 불법은 엄정하게 법 앞의 평등 원칙에 의해 단속되고 처벌되어야 합니다.

대학 시절 진정한 신앙에 대해 더 깊은 고민과 생각을 하게 해 준 A.J.크로닌의 『천국의 열쇠』를 다시 읽고 싶어지는 오늘의 표정이었습니다.

함께 들으실 노래는 선우정아가 부르는 〈그러려니〉입니다.

2021.1.29.

최근 치러진 대한체육회장 선거는 대한민국 체육계의 민낯을 그대로 보여준 참담한 모습이었습니다. 한 체육계 인사는 언론 인터뷰를 통해 "각자 잇속을 챙기려는 모양새였다. 마치 기존 정치판 선거 같았다"라고 토로했습니다. 대한아이스하키 연맹은 소위 '맷값 폭행'으로 국민적 공분을 일으켰던 기업인을 회장으로 선출했고 다른 체육경기단체장들도 대부분 기업인이나 정치인들이 새로 선출되거나 유임됐습니다.

한국 스포츠는 그동안 국민 지지가 필요했던 정치권력과 정권의 지원이 필요했던 재벌의 이해가 맞아떨어져 '정경협력' 모델로 성장했습니다. 국가주도 스포츠 강국을 향한 국가적 노력은 큰 성과를 거뒀죠. 1988 서울 올림픽, 2002 한일 월드컵 등 굵직한 국제 대회 유치는 물론, 경제 사회적 수준을 훨씬 뛰어넘는 금메달과 우승컵 그리고 걸출한 세계적 스타들의 배출까지 국민의 자부심과 대리만족을 끌어올렸습니다.

하지만 이런 국가총동원 정경유착의 엘리트 중심 스포츠의 어두운 그림자 역시 짙고 추하게 드리웠습니다. 스포츠인들이 정치적 편 가름과 줄서기, 학벌과 세력으로 갈립니다. 성적 위주, 스타 중심 문화는 수많은 어린 학생과 청년 선수들을 절망과 좌절로 내몰았습니다. 성폭행과 폭력, 입시 비리, 횡령, 갈취, 승부조작, 불법

도박 등 종목을 불문하고 온갖 범죄가 끊이질 않았죠. 일부 스타를 제외한 대부분 선수, 지도자, 트레이너 등 스포츠 종사자들은 생계를 걱정해야 합니다. 장애인 스포츠와 생활체육 인프라 역시 여전히 취약합니다.

한국 스포츠의 장점과 성과는 더욱 키우고 어두운 그림자는 개선해야 할 책임은 문화체육관광부, 대한체육회, 각 단체 등 스포츠행정에 있습니다. 그런데 일부 스포츠행정은 여전히 자신들의 잇속을 위해 권모술수와 편 가르기에 여념이 없습니다. 물론, 진지한 관심과 헌신으로 스포츠 발전에 크게 이바지하는 스포츠행정가나 단체들이 있고 그들 덕에 그나마 한국스포츠가 버티고 있습니다. 이들마저 도매금으로 비난받고 부당한 일반화에 희생당하지 않게 하기 위해서라도 스포츠행정 혁신이 절실합니다.

정치적 이해와 사적 이익에 기반을 둔 스포츠농단이 사라지고, 한국 스포츠행정이 정치적 이해와 사적 이익이 아니라 공정한 경쟁과 아름다운 승부의 스포츠정신을 대표하길 염원하는 오늘의 표정이었습니다.

함께 들으실 노래는 서바이버의 〈Eye of the Tiger〉입니다.

2021.2.1.

어린 시절 마당이 있는 집에서 살았습니다. 방에서 나서면 하늘이 보이고 대문 밖에는 골목과 친구들이 있는 동네였죠. 반면, 결혼 생활 25년 중 22년은 아파트에서 살았습니다. 제 딸과 아들은 마당이 있고 맘껏 뛰놀 수 있는 집에서 1년 정도 산 것을 제외하곤 늘 아파트에서 살았습니다. 아래층에 피해 줄까 걱정하고 위층 층간소음에 귀를 막는 생활을 해야 했습니다. 돌이켜 보면 아내와 저 그리고 아이들이 집안에서 더 많이 웃고 재밌고 행복했던 때는 마당 있는 집에서 살던 시절이었습니다.

아파트의 편리함과 안전함은 포기하기 어려운, 이미 너무 익숙해져서 우리 정체성의 일부가 되어버린 듯합니다. 어쩌면 플라스틱과 일회용품, 화석연료 수준 정도의 반열에 올랐다는 생각도 듭니다.

부동산 문제가 장안의 화제가 되고, 정치권이나 언론 그리고 전문가 등이 서로 질세라 더 많은 아파트를 더 빨리 짓겠다고 말합니다. 더 많은 사람이 더 편안한 곳에서 살 수 있도록 노력하는 것은 당연하고 필요합니다. 하지만 아파트가 유일한 해결책일까요? 하늘을 볼 수 있고 마당이 있으며 이웃끼리 마을 공동체를 이루고 사는 방향으로 노력하자는 것은 지나친 요구인가요? 세계 대도시 중에 가장 웅장하고 아름다운 강을 가진 서울, 천년 고도의 역사와 유적의 도시 강변을 비롯한 곳곳에 회색빛 콘크리트 아파트 숲

이 점점 더 확산되는 것을 막아야 하지 않을까요?

인생 후반기 제 첫 꿈을 향해 첫발을 내디디며 여러분 각자의 꿈
을 향한 발걸음도 응원하는 2월의 첫날, 오늘의 표정이었습니다.

함께 들으실 노래는 김현철의 〈동네〉입니다.

2021.2.2.

"행복한 가정은 모두 서로 닮은 비슷한 모습이지만 불행한 가정은 불행한 이유가 제각기 다르다."

톨스토이의 소설 『안나 카레니나』의 첫 문장입니다. 우리가 흔히 떠올리는 '행복한 가정'. 큰 고민도 걱정도 없어 보이고 서로 사랑하며 아무 문제 없어 보입니다. 영화나 드라마 혹은 광고 속 '가상의 가족'을 닮았죠. 그에 비하면 나와 우리 가족은 갈등과 오해, 다툼과 불편함이 함께 하는 불행한 모습입니다. 하지만 정말 '남의 집'은 우리보다 더 행복할까요? 광고처럼 '완벽하게 행복한 가족'이 현실에 있을까요?

저는 지금껏 때론 길게 때론 짧게 세상 탓을 하고 남 탓을 하며 불행과 불운에 분노하며 살아왔습니다. 내게 찾아 온 행복의 조건들은 당연한 듯 여기며 감사할 줄 몰랐고요. 순간순간, 잠시 정신 차리고 얼마나 감사한 삶인 지, 얼마나 많은 분의 배려, 특히 가족의 사랑을 받으며 살아왔는지 깨닫고 나서야 비로소 행복을 느낄 수 있었습니다.

소설 속 안나와 브론스키의 불륜 속에 불타는 사랑의 불꽃, 자신의 명예와 체면을 지키기 위해 아내의 배신마저 용서하는 안나의 남편 카레이닌, 브론스키를 짝사랑하며 병이 들어버린 키틴, 그

녀를 하염없이 기다리며 농업개혁에 헌신하는 레빈의 순정과 열
정……. 각자의 삶의 모습엔 행복과 불행, 명과 암이 공존합니다.
소설처럼 극적이진 않지만 우리 삶도 마찬가지죠.

태어나는 순간부터 세상을 떠나는 마지막 순간까지 내 앞에 끊임
없이 나타나며 선택을 강요하는 다양한 길, 마치 지뢰처럼 묻혀있
는 유혹과 압력 그리고 속임수와 배신들……. 그 삶과 세상의 위험
한 상자 안에서 사랑과 용기, 지혜와 인내, 낙관과 희망을 찾아 버
티며 행복을 향해 앞으로 나아가야겠죠.

'남들은 다 행복한데, 왜 너만, 네 가족만 이렇게 불행하니' 라고
속삭이는 악마의 목소리에 속지 않고, 내 삶 내 뜻대로, 나와 내 가
족이 찾을 수 있는 행복을 향해서 오늘도 조심스럽지만 힘차게 한
발 앞으로 내딛습니다.

우리 모두 행복한 세상을 꿈꾸는 오늘의 표정이었습니다.

함께 들으실 노래는 이승환이 부르는 〈가족〉입니다.

2021.2.3.

너무 많은 언론과 1인 미디어가 엄청난 양의 기사와 게시물을 경쟁적으로 쏟아냅니다. 그런데 정작 정확한 사실, 꼭 필요한 정보는 찾기 어렵습니다. 감당할 수 없을 정도로 많은 음식물 쓰레기가 매일 배출되고 있습니다. 그런데 여전히 하루 끼니를 제대로 해결하지 못하는 빈곤 노인과 어린이, 그리고 노숙인들이 셀 수 없이 많습니다. 주식시장과 부동산에는 천문학적인 돈이 흘러넘치지만, 가게와 공장, 일터에는 돈이 없어 한숨과 빚만 쌓입니다. 어제오늘 얘기는 아니지만, 코로나 19를 맞아 더 심하게 다가옵니다. 새로 더 많은 것을 만들어 내는 경쟁에 몰두할 때가 아니라, 있는 것을 잘 활용하고 공정하게 배분하는 데 모든 힘과 노력을 기울여야 할 상황입니다.

지난 20세기 우리 인류는 경쟁과 생산 그리고 건설에 집중했습니다. 그 결과 전쟁과 환경 훼손, 범죄와 사고, 그리고 갈등의 폭발이라는 위기에 봉착했죠. 많은 학자가 이대로 가면 인류와 지구 멸망이 수십 년 내에 찾아올 수도 있다는 강한 경고를 잇달아 내놨습니다.

21세기 시대정신이 '지속가능성', '공존과 협력', '친환경' 그리고 '공동체 복원'이라는 데에 반대할 사람은 많지 않을 것입니다. 경쟁과 생산의 대명사인 기업 경영마저 ESG(친환경, 사회적 공헌, 투명한 지배구조)를 새로운 가치와 철학으로 받아들이고 있습니다. 미국 새 대통령 바이든, 세계 자본주의 대표자 회의인 다보스 포럼, 그리고 한국 대표 경제 단체인 대한상공회의소의 새 회장이 한목소리로 외치고 있죠.

19세기 경직된 권위주의 가부장제 남성 중심 문화가 20세기에는 타파해야 할 구시대적 유물로 규정되었습니다. 하지만 21세기가 된 지금까지 여전히 우리 주변에 그 잔재가 남아있습니다. 새로운 시대정신, 새로운 철학과 문화와 가치가 우리 일상생활 곳곳에 스며드는 데는 많은 시간이 필요합니다. 하지만 얼마나 많은 사람이 얼마나 열심히 노력하느냐에 따라 그 시간은 충분히 줄일 수 있습니다. 특히, 이번엔 인류와 지구의 생존이 달린 문제입니다. 당장 나와 내 아이가 남들에게 뒤처질까 봐 불안하고 초조한 마음을 이겨내야 합니다. 특히, 우리 아이들의 미래 직장과 사회에서는 경쟁보다 협력, 일단 새로 만들기보다 있는 것의 활용 및 재활용, 과시보다 나눔을 더 잘하는 사람이 더 필요하고 인정받을 것이라는 예측과 전망을 잊지 말았으면 좋겠습니다.

우리 사회 한구석에서 여전히 들리는 19세기와 20세기적인 적대와 공격, 차별과 배제, 폭력과 파괴의 주장과 외침이 점차 줄어들고 21세기에 걸맞은 말과 행동이 점차 확대되길 바라는 오늘의 표정이었습니다.

함께 들으실 노래는 지오디의 〈길〉입니다.

2021.2.4.

몇 년 전, 밤 10시가 조금 지난 시간, 지방의 한 국립대학교에서 강의를 마치고 귀가하기 위해 KTX를 기다리며 커피를 사고 있었습니다. 그때 어떤 젊은 여자 분이 다가와서 "저, 친구예요"라고 하시는 게 아니겠습니까?

순간, 제 머릿속에서는 학교 동창부터 성당 친구, 그리고 잠시 이런저런 인연으로 만났던 분들 혹은 대학 시절 미팅에서 만났던 여성들에 대한 검색이 진행되었습니다. 하지만 저보다 20년은 젊어 보이는 여성이 제 친구일 가능성은 없다는 결론에 도달했죠.

전 아무 말도 할 수 없었습니다. 그저 물끄러미 바라볼 뿐. 제가 아무 응답이 없으니 그분도 아무 말 없이 절 쳐다보기만 하시더군요. 어색한 침묵 후에 그분은 페이스북 친구라고 했습니다. 아마도 갑자기 '페이스북'이라는 단어가 생각나지 않으셨던 듯합니다.

그 순간 제 표정에서 스쳐 지나갔을 복잡한 심경을 과연 읽으셨을까요? 짤막한 대화를 나누고 헤어진 후에 배어 나온 웃음을 한동안 참지 못했습니다.

간혹 길이나 식당, 지하철 등에서 인사해 주시는 SNS 친구분들,

혹은 "라디오 잘 듣고 있어요"라고 말해 주시는 뉴스하이킥 청취자 여러분. 비록 짧은 스쳐 지나감이지만 정말 반갑습니다. 얼굴도 모르고 마주칠 일 없으리라 여기며 방송이나 온라인을 통해 만나고 소통하는 분들을 오프라인에서 실제로 만나면 왠지 아주 오랜만에 만난 옛 친구 같은 느낌이 듭니다. 결국, 우리는 억겁의 연으로 만나 같은 시대 같은 땅에서 태어나 스치게 된 친구들 아니겠습니까? 서로 어떻게 스치고 연결되었든, 소통할 수 있음에 감사하며 서로 긍정적인 영향을 주고받으면서 참 어렵고 힘든 '삶'이라는 여정을 함께 갔으면 좋겠습니다.

여러분의 다양한 표정을 상상하며 미소를 머금는 오늘의 표정이었습니다.

함께 들으실 노래는 이선희의 〈그중에 그대를 만나〉입니다.

2021.2.5.

'사랑'은 서로를 솔직하게 드러내고, 부족하고 싫은 모습까지 다 알면서도, 서로에게 익숙해지고 서로를 믿고 의지하게 되면서 생기는 감정입니다. 누구라도 사랑을 할 수 있고, 사랑의 대상이 될 수 있는 이유죠. 사랑을 유지하기 위해서는 반드시 서로에 대한 '신뢰'가 있어야 하죠. 순간적인 거짓과 속임이 있었다 하더라도, 솔직하게 다 드러내고 용서를 구해야 신뢰가 회복되고, 그렇게 사랑은 유지됩니다. 사랑을 끝내는 건 '배신', 신뢰를 배반하는 행위죠. 배신을 당해 사랑이 끝나면 다른 사람을 사랑하기까지 많은 시간이 걸립니다. 사랑의 상처는 치유되기 어렵습니다.

반면에, '존경'은 다른 사람보다 더 노력하고, 더 뛰어나다는 평가에 기반을 둔 일방적인 감정입니다. 아무나 존경의 대상이 되지 않는 이유죠. 존경받는 사람은, 자신을 존경하는 사람 앞에서 솔직한 모습을 여과 없이 드러내면 안 되는 경우들이 있습니다. 남들과 같은 부족함, 모자람, 혹은 존경한다는 사람이 싫어할 만한 모습을 보이면 존경의 감정이 훼손되어 버릴 테니까요. 존경을 끝내는 건 '실망'. 누군가에 대한 존경이 무너지면 대부분은, 쉽게 다른 대상에게로 옮겨갈 수 있습니다. 존경은 사랑과 달리 서로 모든 것을 알고 공유하는 전인격적 공감이 이루어지지 않는 일방적 감정이니까요.

사랑과 존경을 동시에 받는 사람이 정말 대단한 것도, 이 두 감정과 관계의 큰 차이 때문인 듯합니다. 솔직하게 자신을 다 드러내고, 부족하고 모자라고, 상대방이 싫어할 만한 개인적인 특성까지 공개했는데, 여전히 존경을 받는다는 말이니까요.

가끔, 사랑을 나눠야 할 대상에게서 존경, 혹은 존경받을 모습을 기대하는 분들을 봅니다. 그로 인해 실망하고 아파하고 미워하는 모습들을 봅니다. 저도 몇 분이 저를 존경한다고 하셔서 얼마나 감사하고 기쁜지 모릅니다. 제가 사랑하는 사람들의 신뢰를 저버리지 않는 한계 내에서, 그 존경을 유지할 수 있도록 계속 노력하고 있습니다. 존경에는 책임이 뒤따르니까요. 하지만 존경을 받기 위해 사랑하는 사람의 신뢰를 훼손하고 깨트리는 일은 절대 하지 않을 것입니다. 정말 소중한 것은 사랑이니까요.

모두 사랑 넘치는 주말 보내시길 기원하는 오늘의 표정이었습니다.

함께 들으실 노래는 박진영이 부르는 〈사랑이 제일 낫더라〉입니다.

2021.2.8.

18세가 되면 보육원을 떠나야 하는 '보호종료 아동'들의 열악한 현실과 범죄 피해 사례를 최근에 보도로 접했습니다. 특히 잘 곳을 마련해준다며 유인해서 성매매하게 만든 보육원 선배, 보육원에 있을 동안 지원한 학비의 대가를 치르라며 성폭행한 인면수심의 후원자 이야기에는 분노가 치밀었습니다.

18세가 지나도 보육원에서 계속 생활할 수 있는 방법이 있습니다. 대학생이 되면 됩니다. 대학생이 된 후 평점 3.0 이상의 성적을 유지하면 학비도 제공됩니다. 그런데 한 해 평균 2천 명 정도의 '보호종료 아동' 중 대학진학자는 10% 내외에 불과합니다. 우리나라 고등학교 졸업생의 평균 대학진학률은 80%에 달합니다. 사교육 광풍에 휩싸인 대한민국 교육 현실에서 보육원 아이들은 초등학생 시절부터 뒤처질 수밖에 없기 때문입니다.

국민의 세금으로 살아가고 국민이 위임한 권력을 휘두르며 사는 이들조차 자기 자식을 위한 탈법과 편법을 일삼는 현실과 부모가 없다는 이유만으로 기본적인 권리를 박탈당해야 하는 상황을 비교하면 처참하고 잔혹하다는 생각밖에 들지 않습니다.

경찰대학 교수 시절 보육원 교육지원 활동을 했었습니다. 그때 만났던 아이 중 한 친구는 축구를 잘해서 중학교 축구부에 스카우트

되었습니다. 그런데 경기도의 지원을 받고도 한 달 100만 원에 달하는 훈련비, 기숙사비, 유니폼 비용 때문에 선생님들과 후원자들이 많은 부담을 느껴야 했습니다. 형보다 더 축구를 잘했던 동생에게 축구를 그만두도록 설득하느라 선생님들은 많은 눈물을 흘려야 했지요. 그 형제는 유명한 국가대표가 되면 자신들을 버리고 떠난 엄마가 돌아오리라는 꿈을 꾸고 있었습니다.

열심히 노력해서 번 돈을 자녀에게 물려주는 건 세금만 낸다면 얼마든지 권장할 일이죠. 자녀에게 모범을 보이고 대화를 통해 학습 동기를 부여하는 부모는 훌륭합니다. 하지만 부모가 없거나 어려운 처지에 있는 아이들로부터 교육받을 권리와 공정한 기회를 보장받을 권리마저 빼앗는 사회, 그래서 경쟁률을 낮추고 진입장벽은 높여서 돈과 영향력 있는 부모를 둔 아이들만 성공이 보장되는 사회는 부끄럽고 수치스럽습니다. 반드시 개선되어야 합니다.

저도 부끄러움과 수치스러움을 조금이라도 덜기 위해 디딤씨앗통장 후원 등 제가 할 수 있는 일을 시작하겠다고 마음먹은 오늘의 표정이었습니다.

함께 들으실 노래는 사이먼 앤 가펑클의 〈Bridge over troubled water〉입니다.

2021.2.10.

천안 아동학대 살인 사건, 그리고 양천구 양부모 아동학대 살인 사건의 충격과 슬픔이 채 가시지도 않았는데 용인에서 또 참담하고 끔찍한 사건이 발생했습니다. 지난 11월부터 맡아 키우고 있던 10살 조카를 잔인하게 고문해서 살해한 혐의를 받고 있는 이모와 이모부. 그런가 하면, 아동 학대 신고자 보호가 잘 안 되고 학대 피해 아동을 보호하는 쉼터의 상황마저 열악하다는 사실이 알려지면서 '도대체 학대 신고를 하라는 거냐 말라는 거냐'는 분노의 목소리가 일고 있습니다.

전국에 학대피해 아동 쉼터가 몇 개나 있을 거로 생각하시나요? 76곳입니다. 전국 단위로 생각해보면 터무니없이 적은 수입니다. 쉼터의 수도 문제지만 열악한 상황은 더 문제입니다. 예산과 인력 부족으로 피해 아동을 제대로 돌보지 못하고 있습니다. 최저임금만 받으며 24시간 3교대로 휴일도 없이 일하는 보육사들은 경력이 쌓여도 승급혜택이 거의 없습니다. 오직 사명감만으로 버티는 이들의 평균 근속 기간은 고작 13개월입니다. 신생아부터 장애 아동, 그리고 보육사보다 힘이 센 10대까지 보육사 한 명당 최소 7명의 피해 아동을 돌봐야 해서 늘 지쳐 있고 심지어 피해 아동으로부터 폭력 피해를 보는 경우도 많다고 합니다. 경험과 노하우가 쌓일 만하면 더는 버티지 못하고 그만두고, 또 새로운 보육사가 와서 고통스럽게 버티며 적응하다가 다시 떠나는 악순환이 계속

될 수밖에 없습니다.

이런 상황에서 보건복지부에서는 현 상황에 대한 개선 없이 쉼터의 수를 29개소 늘려 105개소로 증설하겠다고 합니다. 국회에서는 실상파악도 제대로 하지 않은 채 입법을 남발합니다. 정부 각 관련 부처에서 민심을 달래기 위해 설익은 대책을 빨리빨리 내놓는 관행부터 개선하지 않으면 끔찍한 아동학대 피해는 계속될 것입니다.

실제 현장에서 아동학대 피해를 조기에 발견하고, 권한을 가진 실무자가 바로 개입해 조사 및 응급조치를 한 후 피해 아동은 제대로 보호받고 가해자에 대해서는 확실한 재범방지 조처가 내려지는, 실효성 있는 대책을 마련하고 시행하면서 지속적인 점검과 개선을 해 나가야 합니다. 당장의 분노한 민심만 달래겠다는 태도는 문제를 해결하기보다 오히려 더 깊고 심하게 썩게 합니다.

어린이는 부모의 소유물이 아니라 우리 사회에 와 준 고마운 선물, 하나의 소중한 인격체라는 말을 종일 떠올린 오늘의 표정이었습니다.

함께 들으실 노래는 옥상달빛의 〈Children Song〉입니다.

2021.2.12.

제2차 세계대전 당시 오스트리아에서 최고의 정신의학자로 이름 높던 유태인 빅터 프랭클에게 나치 탄압을 피해 미국에 갈 기회가 왔습니다. 하지만 그의 모친이 노환으로 거동이 불편해서 함께 갈 수 없는 상황이었죠. 프랭클은 고민 끝에 미국에 갈 기회를 포기하고 다른 유태인들과 함께 집단 수용되고 맙니다.

가혹한 수용 생활을 견디지 못한 그의 모친이 먼저 사망하고 뒤이어 그의 이모, 아내, 누이동생도 차례로 세상을 떠납니다. 참담한 상황 속에서 그는 고민합니다. '나는 여기서 삶의 의미를 찾을 수 있을까. 나는 왜 살아야 할까. 내 삶에 도대체 무엇이 있지? 짐승, 노예 취급받는 집단 수용소에서 언제 죽을지 모르면서 겨우 버틴다 한들 이룰 수 있는 것이 아무것도 없는데 왜 살아야 할까'.

그때 프랭클은 다른 수용자들이 고통 속에서도 자신의 생명을 이어나가는 모습들을 보면서 이상하면서 재미있는 도전들을 하기 시작했습니다. 예를 들면, 면도하기 도전 같은 것이었죠. 수용소에는 면도기가 없어 어디선가 떨어져 있는 작은 금속조각을 찾아서 몰래 갈고 그것으로 면도하기 시작한 겁니다. 얼굴에 상처를 내면서 힘들고 어렵게……. 그래도 면도에 성공한 후 희열과 행복감을 느꼈죠.

프랭클은 매일매일 생활의 작은 것들에 의미를 부여하면서 어떻게든 끝까지 살아남아야 한다는 것을, 그러면서 삶의 신비로움을 느끼는 과정들이 행복이라는 것을 깨달았습니다. 결국 살아서 종전, 해방을 맞은 그는 책과 강의를 통해 자신의 경험과 깨달음을 세상에 알렸습니다.

각자의 상황에 따라 정도의 차이는 있지만, 코로나 19로 인해 고통의 수용소에 함께 갇힌 우리, 서로 응원하고 격려하며 올 한 해 잘 견뎌내자는 소원을 비는 오늘의 표정이었습니다.

함께 들으실 노래는 영화 《인생은 아름다워》 OST 중에서 〈인생은 아름다워La Vita e Bella〉입니다.

2021.2.15.

우리나라에는 보건복지부가 주관하는 '디딤씨앗통장' 제도가 있습니다. 보육원 혹은 저소득층 아이들의 자립자금을 돕는 것인데 월 5만 원 까지 본인 혹은 후원자가 예금을 하면 같은 금액을 정부에서 지원, 예금해 줍니다. 월 5만 원 이상 50만 원 까지는 정부 지원은 없지만 후원 예금은 가능합니다. 아이들에게 디딤씨앗통장 후원을 하고 싶은 분은 지방자치단체에 위임할 수도 있고 특정한 아이를 지정해서 후원할 수도 있습니다.

지난주 오늘의 표정에서 보육원 '보호종료 아동' 지원이 필요하다는 말씀을 드린 뒤에 디딤씨앗통장 후원하기에 나섰습니다. 제가 이미 후원을 하고 있는 민간 재단인 초록우산 어린이재단은 휴대전화에서 몇 차례 터치만 하면 지정후원 또는 비지정후원이 가능합니다. 그 생각을 하고 검색해 들어가 봤더니 디딤씨앗통장 후원은 쉽지 않았습니다. 휴대전화에서는 신청할 수 없었고 컴퓨터에서도 홈페이지 신청이 중단된 상태였습니다. 신청서를 다운로드 받아서 작성하면서 우리 동네 보육원 아동을 지원하기 위해서 전화를 걸었습니다. 보건복지부 디딤씨앗통장 대표번호, 시청 담당자에게 차례로 전화했지만 대상 아동을 지정하려면 후원자가 직접 아동의 개인정보를 확인하고 아동이 개설한 디딤씨앗통장 정보를 신청서에 기재한 후 제출해야 한다는 답을 들었습니다. 절차와 과정이 꽤 복잡합니다. 그래도 기왕 후원하기로 나선 김에 끝까지 과정을 이행했습니다. 과거 몇 차례 방문했던 보육원에 전화했더니 소속 아동 모두 디딤씨앗통장 통장 후원을 받고 있었습니다. 한 편으로 가슴이 따뜻해지면서 세상에는 참 고마운 분이 많다는 사실을 다시 한 번 확인했습니다. 원장님께서 다른 보육원을 소개해 주셨고 신설 보육원이라 아직 후원을 많이 받지 못하고 있다는 사실을 알게 되었습니다. 한 아이를 추천받아서 인적사항과 새로 개설한 디딤씨앗통장 번호를 신청서에 기재한 후 보건복지부에 제출했습니다.

원장님은 한 아이가 새로 후원을 받게 되어 무척 기쁘다며 감사인사를 하면서도 아직 후원을 받지 못하고 있는 아이들 걱정에 목이 잠기셨습니다. 중단된 상태인 '보건복지부 디딤씨앗통장 후원사이트'가 빨리 재개되어서 온라인이나 모바일로 쉽게 후원할 수 있게 되길, 그래서 후원에서 소외되는 아이들이 없게 되길 바랍니다. 궁극적으로는 모든 보육원 아이들이 18세가 되어 독립할 때 우리 사회가 부모가 되어 기본적인 지원과 보호를 해 주길 기원합니다.

자신이 선택할 수 없는 부모의 문제 때문에 기본 권리를 빼앗긴 아이들만이라도 제대로 찾아서 보호하는 대한민국을 꿈꾸는 오늘의 표정이었습니다.

함께 들으실 노래는 S.E.S.의 〈꿈을 모아서〉입니다.

2021.2.16.

"평범한 사람들은 순종하며 살아야만 하고, 법을 어길 권리가 없어. 왜냐하면, 그들은 평범한 사람들이니까. 비범한 사람들은 어떤 범죄든 저지를 수 있고 법을 위반할 수 있는 권리가 있는데, 이는 그들이 비범하기 때문이야."

도스토예프스키의 명작 『죄와 벌』의 주인공 라스콜리니코프가 신봉하던 논리입니다. 자신은 많이 배우고 깊은 철학적 고찰을 하는 '비범한 사람'이기 때문에 세상에 해악을 끼치는 고리대금업자를 살해하고 금품을 빼앗는 행위도 정당화되고 합리화되어 평범한 사람들에게나 적용되는 세상의 법에 따른 처벌 대상이 아니라고 굳게 믿죠.

하지만 그의 머리와 달리 가슴은 죄책감에 시달리고 두려움과 공포에 휩싸여 병들게 됩니다. 결국, 자수를 하고 차디찬 시베리아에서 유형 생활을 하며 참회하고 진정한 삶의 의미를 깨닫게 됩니다.

방송 예능 프로그램 출연 등으로 최고의 인기를 누리던 여자배구 국가대표, 스포츠 스타 쌍둥이 자매가 학교 폭력 가해자로 밝혀지면서 모든 것을 잃게 되었습니다. 이들뿐 아니라 많은 스타와 권력자, 자신을 스스로 남보다 뛰어난 사람이라고 믿는 이들에 의한 폭력이 곳곳에서 자행됐고 지금도 진행 중입니다.

너무도 당당하고 대범한 범죄 행위의 뿌리는 어쩌면 '공부만 잘하면 모든 것이 용서된다', '실력만 좋으면 마음대로 해도 된다'는 우리 사회에 널리 퍼진 잘못된 인식일 수도 있다고 생각됩니다. 아울러, 권력자, 정치인, 수사기관과 법원, 학자, 교사, 부모가 말과 행동으로 보여주고 강조하는 '목적이 좋으면 어떤 수단과 방법을 사용해도 된다'는 사례들 역시 원인으로 작용하고요.

우리 헌법 제10조는 '모든 국민은 인간으로서의 존엄과 가치를 가지며, 행복을 추구할 권리를 가진다'고 규정하고 있고 제11조는 '모든 국민은 누구나 법 앞에 평등하다'고 천명하고 있습니다. 더 잘하는 자, 더 잘 난 자, 더 계급이나 지위가 높은 자, 더 많이 가진 자, 더 힘센 자가 다른 사람 위에 군림할 수 없습니다. 폭력을 포함한 모든 '우월적 지위를 이용한 권력적 범죄' 행위는 철저히 규명하고 엄하게 처벌해야 합니다. 아울러 19세기적인 차별 의식을 뿌리 뽑는 사회적 노력이 이루어져야 합니다.

'지은 죄는 절대 사라지지 않는다'는 말이 계속 머릿속에 맴도는 오늘의 표정이었습니다.

함께 들으실 노래는 캐런 앤이 부르는 〈Not Going Anywhere〉입니다.

2021.2.17.

미국에서는 미국이 최고라는 국수주의 극우 집단의 인종차별과 혐오, 민주주의 파괴 폭력 행위가 기승입니다. 일본에서도 극우 정치인과 언론 등이 혐한 주장을 확산하고 있죠. 중국에서는 신장 위구르 등 소수민족 인권 탄압, 미얀마의 로힝야족 학살 등이 국제사회의 지탄을 받고 있습니다. 우리나라에서는 '극우' 꼬리표를 달고 사는 정치인, 학자, 언론인, 작가 등이 이미 역사적 사회적으로 입증된 일본군 성 노예 피해를 부정하는 섬뜩한 내용의 이메일을 외국 학계와 언론계에 뿌리고 있습니다.

이들은 가해자인 일본 전쟁범죄자들 편에 서서 자기 나라와 국민, 특히 외국의 전쟁 범죄에 피해 입은 동료 시민을 모욕합니다. 이들 중에는 국내에 있는 중국 교포와 외국인 노동자들. 성 소수자에 대해서도 혐오와 차별을 하는 경우도 있습니다.

이들이 내세우는 사실왜곡과 혐오와 차별의 명분은 '자유'입니다. 힘센 자에게 아부하고 강자 편을 들며 약자는 짓밟는 행위를 이들은 '자유'라고 부릅니다.

신체의 자유 못지않게 편견이나 아집에 사로잡히지 않는 '마음의 자유'도 중요합니다. 다른 사람을 다치게 하는 행위가 '신체의 자유'일 수 없듯이 나와 다른 생각이나 입장, 종교, 출신, 인종, 국적,

성, 특히 사회적 약자나 소수자를 혐오하거나 차별하는 행위 역시 '마음의 자유'일 수 없습니다. 스스로 만든 마음의 감옥이며 사회적 약자에 대한 가해 행위입니다.

누군가의 말 혹은 행동에 대한 반대 의견의 제시나 비판 또는 문제 제기는 필요합니다. 권장해야 합니다. 대화와 토론을 통해 차이는 존중하고 다름을 인정하며 오해는 풀고, 이해의 폭을 넓히면 세상은 더 좋은 곳을 향해 나아가고 삶과 사회는 활력을 찾습니다.

차별과 혐오라는 '마음의 감옥'에 갇혀있는 이들이 하루빨리 스스로 깨닫거나 그게 안 되면 법적 처벌을 받아서라도 '진정한 자유'를 찾게 되길 바랍니다.

그래서 그들이 파괴한 민주주의가 복원되어 우리 사회에 차이를 존중하고 다름을 인정하면서 대화와 토론으로 생각을 표현하는 '진정한 자유'가 만개하길 기원합니다. 오늘의 표정이었습니다.

제가 오늘 고른 노래는 밥 딜런의 〈Blowin' in the wind〉입니다.

2021.2.22.

아이들이 어릴 때 매일 밤 잠들기 전까지 책을 읽어주었습니다. 때로는 곤히 잠든 것 같아 조용히 책을 덮고 침대를 빠져나가려 하면 "더 읽어 줘!" 또는 "아직 안 잔다"라고 해서 한참을 더 읽어 주곤 했습니다. 그 시간은 제 생애에서 가장 행복한 시간 중 하나였죠.

특히, 두 아이는 『어린 왕자』를 읽어 주었을 때 "이제까지 읽어준 책 중에 최고!"라며 책을 가슴에 꼭 안아주었습니다. 초등학생이 된 후에는 스스로 어린 왕자를 찾아서 읽고 행복해하더군요.

아이들과의 추억을 빌어 어린 왕자 얘기를 꺼낸 건 다름 아닌 소설 속에서 여우가 어린 왕자에게 했던 바로 이 말 때문입니다.

"네가 오후 네 시에 온다면 난 세 시부터 행복해지기 시작할 거야."

오후 6시 5분에 청취자 여러분을 만나기로 한 저는 아침 8시 5분부터 지금 이 '오늘의 표정'을 쓰며 행복해지기 시작합니다.

저와 우리 가족뿐 아니라 전 세계 수많은 이들에게 꿈과 사랑과 행복이 담긴 선물을 남기고 비행기를 타고 밤하늘 별 속으로 사라진 생텍쥐페리의 마음을 헤아려보는 오늘의 표정이었습니다.

함께 들으실 노래는 려욱 〈어린 왕자〉입니다.

2021.2.23.

"나 하늘로 돌아가리라
아름다운 이 세상 소풍 끝내는 날
가서, 아름다웠더라고 말하리라."

1993년에 타계한 천상병 시인의 시 '소풍'의 마지막 구절입니다. 천 시인은 1967년 일명 '동베를린 간첩단 사건'에 억울하게 연루되어 6개월간 모진 고문과 심한 옥고로 몸과 마음이 병들었고 고문 후유증으로 정신병원에 수용되기도 했습니다. 하지만 이 사건은 2006년 국가정보원 과거사진실규명위원회가 '조작'이라는 사실을 밝혀냈습니다. 시인이 겪은 고통과 상처, 억울함과 분노까지 모두 '아름다운 이 세상 소풍'으로 받아들이고 포용한 시인의 마음을 헤아리기는 쉽지 않습니다.

어쩌면, 삶은 그저 한바탕 소풍일 뿐인데, 소풍 와서 다른 사람을 때리고 짓밟는 어리석은 짓은 하지 말라는 준엄한 꾸짖음이 아닐까 혼자 해석해 봅니다.

오늘도 잔혹한 학교 폭력, 스포츠 폭력, 아동학대, 아파트 주민의 경비원 폭행 뉴스가 우리 마음을 아프게 합니다. 과거 일본군 성 노예 등 전쟁 범죄, 우리 군사독재 권력의 시민 학살과 고문, 수사기관과 법원의 조작과 오판에 의한 사법 피해의 진실을 규명하고 책임자를 처벌하라는 목소리는 모욕과 적반하장의 메아리로 돌아옵니다.

삶이라는 소풍에서 얼마나 크고 많은 만족과 이익을 얻겠다고 그 험한 폭력과 가해를 하는 지, 안 그래도 아픈 피해자의 상처를 왜 더 후비고 자극하는지 화나고 안타까울 뿐입니다.

때로 소풍 와서 실수하고 잘못할 수도 있겠죠. 그땐 잘못을 인정 하고 바로잡은 뒤 하하 웃으며 돌아갈 수 있다면 좋겠습니다. 이 세상 소풍 마치고 돌아갈 그 날, 우리도 천상병 시인처럼 '아름다 웠더라고' 말할 수 있으면 좋겠습니다.

어린아이처럼 해맑게 웃는 시인의 얼굴이 무척 보고 싶은 오늘의 표정이었습니다.

함께 들으실 노래는 하림의 〈소풍〉입니다.

2021.2.24.

미얀마 군부 쿠데타 세력이 대통령과 아웅산 수치 국가 고문을 구금하는 국가전복 범죄를 저질렀습니다. 심지어 군부 세력은 20~30대 청년들을 중심으로 시민들의 쿠데타 반대 시위가 점점 확산하자 수도 네피도와 최대 도시 양곤 등 미얀마 곳곳에 장갑차를 투입했고 시민들에게 실탄을 발포해 사상자가 속출하고 있습니다. 거리와 주택가에서는 군과 경찰이 아무나 마구 체포하고 영장도 없이 압수수색을 자행하고 있습니다. 이런 상황에서 미얀마 시민들은 지금, 우리 대한민국을 포함한, 전 세계의 민주주의 친구들에게 관심과 도움을 호소하고 있습니다.

1980년대 대한민국에서 유사한 상황이 발생했을 때, 우리도 전 세계에 관심과 도움을 절박하게 호소했습니다. 독일 기자 위르겐 힌츠페터, 데이비드 돌린저 등 미국 평화봉사단원을 포함한 수많은 외국 시민들이 자신들의 안위를 돌보지 않고 광주 민주화 항쟁과 군부의 시민 학살 참상을 세계에 알리고 관심을 촉구했죠. 미국과 유럽 등 전 세계 시민들이 그들의 정부를 압박했습니다.

그들은 우리와 일면식도 없는 먼 나라 시민들이었지만, 같은 인류 동시대인인 우리 대한민국의 시민들 그리고 우리가 염원하던 자유와 민주주의를 지켜주고 싶어 한 '친구들'이었습니다.

이제 우리가 미얀마 친구들에게 관심과 손을 내밀 때입니다. UN과 EU, ASEAN 등 국제기구와 각국 정부가 제 역할을 할 수 있도록 SNS에 미얀마 민주화 운동을 지지하는 글을 쓰고, 해시태그를 달고, 기사를 공유하는 우정을 보였으면 좋겠습니다. 무엇보다 민주주의를 향한 우리의 염원, 그리고 그 염원을 함께하는 친구를 절대 포기하지 않았으면 좋겠습니다.

"나에게 우디는 내 마음속에 오래도록 기억에 남을 친구가 되었단다. 우디의 가장 큰 장점은 너를 절대 포기하지 않는다는 거야, 절대로……"

영화 《토이스토리 3》 속 앤디의 대사가 생각나는 오늘의 표정이었습니다.

함께 들으실 노래는 영화 《토이 스토리 3》 OST 중에서 랜디 뉴먼의 〈You've got a friend in me〉입니다.

2021.2.25.

'나도 학교폭력 피해를 당했다'고 주장하는 소위 '학폭 미투'가 스포츠계와 연예계에 이어 사회 전반으로 번지고 있습니다. 오래 전에 피해를 입었다는 주장에 대해 가해자로 지목된 이들이 극구 부인하며 진실공방으로 이어지는 사례도 늘고 있죠. 그런가 하면 지금 벌어지는 학교폭력 문제 역시 상상을 초월할 정도로 심각합니다.

학교폭력의 가장 큰 문제는 예나 지금이나 피해자가 제대로 보호 받지 못하고, 가해자 역시 제대로 된 처벌이나 교화 없이 방치된다는 것입니다.

학교는 학교폭력 문제 해결 역할과 책임을 포기한 채 학교폭력대책위원회나 학교전담경찰관에게 내맡긴 상황입니다. 학교폭력대책위원회는 형식적 운영, 전문성 결여 등의 문제가 대두되며 실효성에 의문이 제기된 지 오래입니다. 학교전담경찰관은 1명 당 평균 12개 학교를 담당하는 인력부족 상태인 데다가 학교폭력의 예방, 정책 홍보, 학폭대책위 참석은 물론, 상담과 피해자 지원 및 보호, 가해자 선도 활동까지 모두 혼자서 처리해야 하다 보니 제 역할을 수행하기 어렵습니다. 그러다 보니 견디지 못한 피해자는 그냥 참거나 전학을 가거나 심지어는 극단적인 선택을 하는 경우까지 있습니다.

적절한 조치가 이루어지지 않다 보니 피해자가 겪는 아픔과 고통은 세월이 많이 흐른 뒤에도 치유되지 않은 현재진행형입니다. 반면에, 가해자는 다 잊고 성공과 호사를 누립니다. '학폭 미투'가 발생하는 이유입니다.

'학폭 미투' 사건의 진실규명과 피해자 지원 및 가해자 속죄의 방법을 하루라도 빨리 찾아야 합니다. 지금 자행되고 있는, 그리고 앞으로 발생할 학교폭력에 대해 철저하게 조치해서, 피해자는 보호받고 가해자는 반성하고 책임을 질 수 있는 제도를 확립해야 합니다.

10년 전, 가슴 아픈 유서를 남긴 채 극단적 선택을 했던 대구 중학생 학폭 피해자에게 우리가 했던 약속, 이후 참혹한 피해가 발생할 때마다 반복했던 '다시는 이런 일 없도록 할게'라는 약속. 너무 늦었지만 이제라도 실천으로 옮겨야 한다는 아픈 성찰을 하는 오늘의 표정이었습니다.

함께 들으실 노래는 새소년의 〈난춘〉입니다.

2021.2.26.

길 가 벽에 사람 주먹 하나가 겨우 들어가는 크기의 구멍이 있습니다. 안을 들여다보니 번쩍이는 금덩이가 들어 있습니다. 얼른 손을 넣어 움켜잡겠죠. 그런데 주먹 하나만 겨우 지날 수 있는 구멍의 크기, 금덩이를 쥔 손은 빠져나오지 않습니다. 어떻게 해야 할까요?

대다수 사람들은 갖은 노력을 해봐도 금덩이를 쥔 채 손을 빼낼 수 있는 방법이 없다는 것을 깨닫게 됩니다. 그러면 미련과 아쉬움을 남긴 채 금덩이를 놓겠죠. '인생이 그렇지' 하는 자조 섞인 미소를 지으며 소박한 일상으로 돌아갑니다.

그런데 간혹 끝까지 금덩이를 움켜쥔 채 손을 빼려고 애를 쓰는 사람이 있습니다. 그가 맡은 일, 해야 할 업무를 팽개치고, 그를 기다리는 사람들을 힘들고 고통스럽게 하면서 말이죠. 시간이 지나면서 금덩이를 쥔 손에 상처가 나고 퉁퉁 부어서 이젠 금덩이를 손에서 놔도 주먹이 빠지지 않는 상황이 되는 경우도 발생합니다.

한때 인기 절정에 올랐던 뮤지션 스티브 유, 그는 병역을 회피할 수 있는 미국 시민권이라는 금덩이를 놓치지 않으려 애쓰다가 결국 한국 팬들의 사랑을 받던 유승준이라는 정체성을 영원히 잃어버렸습니다. 뒤늦은 후회로 눈물을 흘리고 사죄를 하며 금덩이를 놓겠노라고 호소해도 이미 퉁퉁 부어버린 손은 구멍에서 빠져나오지 못합니다. 며칠 전 국회 국방위원회에서 병무청장이 '명백한 병역 기피자'라는 입장을 밝히면서 공식적인 확인을 했죠.

어디 스티브 유뿐이겠습니까? 놓아야 할 금덩이를 무리하게 억지로 움켜쥐려 하는 사람들 때문에 주위 사람들이 힘들어하고 아파하는 모습이 많이 보입니다. 물론 결국은 본인도 돌이킬 수 없는 후회의 나락으로 떨어지게 되죠.

제 주변에 존재하고 유혹하는 금덩이를 미련 없이 놓고 돌아서기 위해 마음의 연습을 하는 오늘의 표정이었습니다.

제가 오늘 고른 노래는 스팅의 〈Fields of Gold〉입니다.

2021.3.1.

102년 전 오늘, 어린이부터 노인까지, 수많은 사람이 거리마다 넘쳤습니다. 밤사이 몰래 배달된 독립선언서를 손에 든 이도 있었고, 옷이나 이불 조각에 그린 태극기를 흔드는 이들도 있었습니다. 일본 헌병과 순사, 그들의 앞잡이들이 총칼을 겨누고 위협해도 굴하지 않고 눈물을 흘리며 '대한독립 만세'를 외쳤습니다.

해방 후에도 북한 공산주의 세력의 남침 전쟁, 군사 독재, 민주주의 파괴, 시민 인권 탄압 등 불의가 세상을 지배할 때마다 3.1운동 정신은 되살아났고 역사를 바꿨습니다.

102년 전 오늘, 우리 선조들이 손에 들었던 독립선언문에는 우리의 독립을 넘어 어리석은 침략 야욕에 휩싸인 일본을 가르치고 중국 등 주변국 시민들의 동참을 끌어내 동양과 세계의 평화를 일구겠다는 포부와 사명이 담겨 있었습니다.

일본 군국주의 세력은 아직도 전쟁 가능한 나라로의 부활을 꿈꾸며 역사를 왜곡하고 있고, 태국과 미얀마, 홍콩 등 동양 곳곳에서 대한민국처럼 시민들의 힘으로 민주주의를 찾고 일구겠다는 항쟁과 시위가 계속되고 있습니다. 우리는 세계 속에 우뚝 선 선진국이 되었지만, 여전히 분단과 분열, 차별과 갈등의 몸살을 앓고 있습니다. 3.1운동은 역사 속 사건이 아니라, 102년 동안 계속되

어 온, 그리고 지금도 계속되고 있는 우리의 현실이자 숙명인 듯
합니다.

102년 전 오늘, 우리 후손에게 독립과 자유와 인권, 민주주의가
보장되는, 그리고 누구도 차별받지 않고 사람다운 삶을 살 수 있
는 세상을 물려주기 위해 모든 것을 던져 희생하신 선열께 깊고
따뜻한 감사의 마음이 가득한 오늘의 표정이었습니다.

함께 들으실 노래는 노을의 〈함께〉입니다.

2021.3.2.

경기도 하남시의 어느 편의점 계산대, 컵밥과 참치캔을 계산하려
던 한 초등학생의 어깨가 축 처졌습니다. 잔액이 부족했기 때문입
니다. 학생은 한숨을 쉬며 물건을 하나씩 빼고 있었죠. 그 때 한 여
성이 다가가 이렇게 얘기합니다. 걱정하지 말고 사고 싶은 것 더
가져오라고. 잠시 망설이던 학생은 그 말의 진심을 확인하고 사고
싶던 것을 가져옵니다. 그렇게 여성은 총 5만 원을 결제했습니다.

퇴근 후 아들에게 자초지종을 들은 엄마는 눈물을 쏟았습니다. 남
편과 사별 후 어려워진 형편에 아들이 친구들에게 따돌림을 받자
남편의 고향인 하남으로 이사 온 상황. 차갑기만 한 세상인 줄 알
았는데 온정의 손길을 느끼고 감동했던 것이죠.

엄마의 SNS 글이 알려지면서 '착한 누나'로 추정되는 여성이 댓
글을 답니다. "동생 같은 아이가 눈치를 보는 상황에 마음이 쓰였
고, 먹고 싶은 음식을 못 먹는 서러움을 잘 알기에 계산을 했는데
혹시 동정심으로 느껴져 상처가 될까 봐 걱정했다"는 내용이었습
니다. 그리고 "괜찮다면 아이를 매주 토요일 오후 1시에 편의점에
서 만나서 먹고 싶은 과자를 마음껏 사주고 싶다"는 조심스러운
제안이 추가되었습니다. 댓글의 마지막 말은 "하남에선 어머님과
아들이 상처받는 일이 없었으면 좋겠다"였습니다.

감정이 메마르고 돈의 노예가 된 괴물과 좀비들로 가득한 것 같은
이 세상에도, 따뜻한 피와 푸근한 가슴을 가진 '사람'들이 살고
있다는 사실을 알게 되어 무척 고맙습니다.

하남에서뿐만 아니라, 이 세상 그 누구도 가난하거나 남과 다르다
는 이유로 상처받는 일이 없기를 소망하는 오늘의 표정이었습니다.

함께 들으실 노래는 영화《Annie》OST 중에서 알리시아 모튼의
〈Tomorrow〉입니다.

2021.3.3.

'디아스포라', '흩어져 퍼진다'는 뜻을 가진 그리스어에서 유래한 말로, 특정 민족이 원래 살던 땅을 떠나 세계 여기저기에서 흩어져 살면서도 민족 고유의 말과 문화를 유지하는 현상을 일컫습니다. 디아스포라 민족의 공통점으로 꼽히는 건 슬픔과 아픔, 그리고 이를 이겨낸 강인함과 정체성을 잃지 않는 민족적 자존심인데요, 가장 대표적인 사례가 유대인과 집시, 그리고 아프리카인입니다. 그리고 한국인 역시 세계 각지에 '한인 공동체'를 건설한 디아스포라 민족입니다.

조상 대대로 살아온 정든 땅을 떠나야 하는 사연 뒤에는 상상조차 하기 힘든 아픔과 슬픔이 있죠. 대기근으로 먹을 것이 없어 떠나기도 하고, 차별이나 탄압을 피해 탈출하기도 합니다. 때로는 원하지 않은 강제 이주를 당하기도 하죠. 특히, 일제 강점기에 강제 징집 혹은 강제 집단 이주를 당한 재일 교포, 러시아와 중앙아시아 고려인, 그리고 중국 동포 중에는 조국의 독립을 위해 모든 것을 내던진 항일 투사들의 후예도 많습니다.

해방 후에도 군사 독재의 탄압을 피해, 혹은 자녀에게 더 나은 삶을 만들어주기 위해 많은 한국인이 이민을 갔죠. 본인의 의사와는 상관없이 해외 입양된 한국인도 많습니다. 반대로, 한국인이 되고 싶다는 귀화 외국인도 늘고 있습니다. 역지사지(易地思之), 존중과 배려를 기본으로 삼는 차별 없는 대한민국은 이제 선택이 아니라 필수가 되었죠. 이미 수천 년 전부터 전쟁과 교역 등으로 뒤섞인 피, 혹은 겉으로 보이는 외모가 아니라 말과 글, 역사와 문화를 얼마나 공유하는 지가 민족을 가르는 기준 아니겠습니까?

오늘 제가 디아스포라 얘기를 꺼낸 이유는 미국 독립의 상징 도시인 필라델피아에서 세계 최초로 '소녀상 공원 건립계획'이 '원론적 승인'을 받았다는 반가운 소식 때문입니다. 이미 미국뿐만 아니라 독일과 호주, 뉴질랜드 등 한국인 디아스포라 국가마다 소녀상이 건립되고 있습니다. 오히려 조국 대한민국에서는 일제의 침략과 식민 지배를 미화하고 강제징용이나 '일본군 위안부' 피해자를 모욕하는 이들이 소녀상 건립을 방해하고 있지만, 해외 동포들은 현지 시민단체나 지방정부 등과 함께 소녀상에 담긴 반폭력, 평화, 여성 인권과 피해자 보호 정신을 기리고 있습니다.

주변 강대국의 침략과 공격에도 굴하지 않고 고유한 문화와 전통을 지켜온 우리, 세계 각지에 흩어진 동포 그리고 한국인이 되고자 찾아온 이민자들과 함께 아시아와 세계의 평화에 이바지하는 자랑스러운 미래를 그려보는 오늘의 표정이었습니다.

함께 들으실 노래는 블리스데이(feat. 전서연)의 〈소녀상의 눈물〉입니다.

2021.3.4.

10여 년 전, '이익 충돌'에 대한 연구를 위해 대기업 임직원들을 인터뷰했습니다. 아직 기억에 남는 이야기는 공장이나 사업장 혹은 연구소 등 부지 매입 계획을 외부로 누설하거나 이 정보를 이용해 부동산 매매 등을 하는 임직원에 대해서는 강도 높은 내부 감사와 징계는 물론 법적 조치를 한다는 말이었습니다. 그 이유는, 우선 기업의 이미지와 대국민 신뢰를 저해하기 때문이고 큰 비용이 투입되는 대규모 사업 계획 추진에 차질이 빚어질 수 있다는 기업의 경영상 목적 때문이었습니다. 사기업도 이럴진대, 국가 예산이 투입되고 공공사업을 독점하는 공기업, 한국토지주택공사(LH) 직원들이 3기 신도시 공공개발 예정 지역에 빚을 내가며 토지를 대거 매입하고 보상 규모를 키울 목적으로 묘목까지 심었다는 의혹이 불거져 충격을 주고 있습니다. 더욱이 LH 직원들은 익명 직장인 어플리케이션 '블라인드'에서 '왜 우리는 부동산에 투자하면 안 되느냐'는 적반하장의 글을 올려 더욱 크게 공분을 일으키고 있습니다.

얼마 전 한 고등학교 교사가 자신의 쌍둥이 딸에게 시험문제를 미리 빼내 줘서 급격하게 성적을 향상시켰다가 적발되어 징역 3년 형을 선고받았습니다. 구청이나 주민 센터에서 근무하는 사회복무요원이 직무상 알게 된 다른 사람의 주소나 연락처 등 개인 정보를 누군가에게 알려줘도 처벌받습니다. 그만큼 우리 사회가 믿고 공동체의 일을 맡긴 '공적 신뢰'는 엄중합니다. 공적인 정보, 권한 등을 이용해서 사적 이익을 얻거나 다른 목적에 이용하는 행위를 '부정부패'라고 합니다. 심지어 리처드 워드 같은 범죄학자는 '대가나 이익이 없어도, 공적 신뢰를 위반하는 모든 행위'를 부패라고 규정했습니다.

국가나 기업, 집단의 패망은 대부분 외부의 공격이 아니라 내부의 부정부패 때문이었습니다. 이번 3기 신도시 개발 예정지 부동산 구매자에 대한 전수 조사를 통해 LH 직원뿐 아니라 모든 관련 부서나 기관 직원의 위법 행위를 철저히 밝혀 엄중한 처벌을 해야 합니다. 그리고 다시는 이런 '고양이에게 생선가게를 맡기는' 일이 없도록 재발방지책을 마련해야 합니다. 공익신고자 보호제도를 보완해서 양심의 가책을 느끼는 목격자가 방관자가 되지 않도록 해야 합니다. 국가 공공 시스템에 대한 국민의 신뢰를 되찾아야 합니다.

매우 독립적이고 사냥형 포식자의 자존심을 유지하고 있는 신비한 동물 고양이가 비겁한 부패행위자들 때문에 생선도둑이라는 괜한 오해를 받는 상황이 안타까운 오늘의 표정이었습니다.

함께 들으실 노래는 시인과 촌장이 부르는 〈고양이〉입니다.

2021.3.5.

초등학교 내 집단따돌림 문제가 심각하게 대두되었을 때, 교장 선생님의 요청으로 한 반 20명의 초등학생을 만났습니다. 아이들과 인사를 나눈 후 질문을 했죠. "이 반 짱이 누구예요?" "OOO요!" 아이들은 입을 모아 힘차게 누군가의 이름을 불렀습니다. 두 번째로 힘 센 친구, 세 번째로 힘센 친구는 마음속으로 생각해 보라고 했습니다. 그다음 자신은 몇 번 정도라고 생각하는지 물었습니다. 한 아이가 장난스럽게 '10번'이요, 다른 아이는 '8번'이요……. 몇몇 아이들이 더 중간 정도 숫자를 얘기한 뒤 다시 물었습니다. "여러분 반에서 집단 따돌림이 일어난다면 몇 번 학생이 피해자가 될까요?" 여러 아이가 한목소리로 "20번이요"를 외쳤습니다.

"만약 20번 학생이 다른 학교로 전학을 간다면 집단 따돌림은 없어질까요?"라고 묻자 아이들은 "아니오"라고 답했고, 그럼 누가 대상이 되느냐는 질문에 '19번'이라고 주저 없이 답했죠. 같은 질문이 이어져 16번 정도에 이르자 아이들의 목소리는 작아졌고 표정은 무거워졌습니다. 마음속 자신의 번호와 가까워지고 있었기 때문이죠. 마지막으로 집단 따돌림은 누구 때문에, 왜 일어나느냐고 물었습니다. 아이들은 이렇게 답했습니다. 힘센 아이가 약한 아이를 괴롭히기 위해서 아무 이유나 대는 것이라고.

우리 사회의 20번, 고(故) 변희수 하사가 성전환 성 소수자라는 이유로 차별과 혐오에 시달리다가 세상을 떠났습니다. 그의 아픈 사망 이후에도 혐오의 말들은 멈추지 않습니다. 영국 BBC는 전 세계 9,000명의 성전환 군인들이 당당하게 군 복무를 하는 세상에서 선진국에 속하는 대한민국이 변희수 전 하사를 군에서 내쫓고 죽음으로 내몬 현실이 믿기지 않는다고 보도했습니다.

대한민국 헌법과 국가인권위원회법은 차별을 금지하고 평등을 천명합니다. 대한민국은 단 한 번도 성전환이나 동성애 등 소수 성 지향을 법으로 금지한 적이 없습니다. 헌법과 법률에 반하는 문화와 관행과 집단 따돌림, 차별과 혐오가 만연할 뿐이죠. 고(故) 변희수 하사가 세상을 떠났으니 차별과 혐오가 없어질까요? 아니라는 것을 우리는 압니다. 다음 19번, 18번……. 나와 내 자식은 차별의 대상이 아닐 것이라는 근거 없는 착각이 우리를 차별과 혐오가 판치는 인권 후진국으로 내몰 뿐이죠.

'다름은 틀림이 아니다', 너무도 분명한 이 말이 무겁게 느껴지는 오늘의 표정이었습니다.

군번 17-500589 고(故) 변희수 하사가 차별 없는 하늘에서 편히 쉴 수 있길 기원합니다.

함께 들으실 노래는 더 밴드 페리의 〈If I Die Young〉입니다.

2021.3.8.

동네 산책길에는 봄기운이 완연합니다. 누렇게 죽어있는 풀 사이로 파란 새싹이 힘차게 움 틔우고 있었고 날씨는 쌀쌀하지만 바람 속엔 따스함이 잔뜩 묻어 있습니다.

기나긴 겨울 동안 그렇게 바라고 기다렸던 봄, 드디어 오긴 오나봅니다. 하지만 봄을 시샘하는 꽃샘추위도 다녀갈 테고 질기디질긴 코로나 19와 씨름하다 보면 봄을 제대로 느낄 새도 없이 여름 무더위가 급습하겠죠.

춘래불사춘(春來不似春), 봄이 왔는데 봄 같지 않다. 매년 봄마다 떠올리게 되는 고사성어입니다. 중국 한나라 왕실이 북방의 강국 흉노족에게 바치는 뇌물, 조공으로 보내진 궁녀 왕소군. 풀과 나무도 없는 척박한 흉노 땅에서 고향을 그리워하며 했다는 이 말 속에 사람을 수단이나 도구, 재물로 취급했던 야만의 역사가 숨어 있죠.

신과 왕, 귀족과 독재자들이 지배했던 기나긴 겨울을 끝내고 모든 사람이 평등하고 국민이 주인인 민주주의라는 봄을 일궈낸 우리 인류. 하지만 여전히 미얀마 군부 같은 권력적 야만의 탐욕이 사람의 생명과 존엄성을 마구 짓밟으며 다시 겨울로 되돌리려 합니다.

우리 사회에도 인권 침해와 차별과 혐오, 폭력과 갑질, 불의와 불합리, 부정과 부패가 봄을 봄 같지 않게 만들고 있죠.

자연은 늘 우리에게 봄을 선사합니다. 그 봄이 새 생명을 싹 틔우고 따스함으로 온 세상에 활기를 불어넣게 하는 건 우리 몫이라 생각하는 오늘의 표정이었습니다.

함께 들으실 노래는 에릭남 & 웬디의 〈봄인가 봐〉입니다.

2021.3.9.

오늘 헌법재판소에서 의미 있는 결정이 내려졌습니다. 성폭행 위기에 처한 여성이 들고 있던 그릇을 휘둘러 가해자의 귀를 찢어지게 한 행위는 '정당방위에 해당한다'는 내용입니다.

2018년 10월 31일 밤, 한 고시원에서 발생한 이 사건에 대해 검찰은 가해 남성의 성폭행 사실을 인정해 강제추행 혐의로 기소하면서 피해 여성도 상해 혐의로 형사 입건, 기소유예 처분을 했습니다. 피해 여성은 피해자를 가해자 취급한 검찰의 조치가 부당하며, '헌법상 권리인 평등권과 행복추구권을 침해했으므로 취소되어야 한다'라는 취지로 헌법소원을 제기했죠.

그동안 우리 검찰과 법원은 위험에 처한 피해자가 자기방어를 위해 가해자에게 저항한 행위를 '정당방위'로 인정하길 꺼려왔습니다. 일례로, 지난달 부산지방법원은 56년 전 성폭행범의 혀를 깨물어 절단했다가 중상해 유죄를 선고받았던 판결이 잘못되었다며 제기한 70대 여성의 재심 요청을 기각했습니다. 2014년 새벽에 강원도 원주 자신의 집에 침입한 도둑을 때려서 뇌사에 빠지게 한 청년은 결국 상해치사 유죄를 선고받았습니다. 유사한 성폭력, 가정폭력 혹은 폭행, 주거침입 사건 등에서 자신이나 타인의 생명 혹은 신체의 중대한 위협에 대항한 피해자나 목격자의 방어행위가 조금만 지나쳐도 과잉방어, 혹은 쌍방 폭행이라며 형사입건해 왔습니다.

우리나라는 세계에서 정당방위를 인정하는 데 가장 인색한 나라 중 하나입니다. 강력 범죄를 미리 방지할 의무를 다하지 못 한 국가가 피해자 보호와 회복 지원조차 소홀히 하는 것도 모자라, 피해자의 자기방어조차 너무 쉽게 단죄하는 관행을 유지하는 것은 심각한 문제입니다.

오늘 헌법재판소의 결정이 그동안 피해자 심리에 대한 몰이해와 피해자를 경시하는 관행에 매몰되어 있던 수사, 기소 및 사법기관에 경종을 울리길 기대하는 오늘의 표정이었습니다.

함께 들으실 노래는 마리에 디그비가 부르는 〈Umbrella〉입니다.

2021.3.10.

'사랑을 검으로, 유머를 방패로!' 전쟁과 내전이 계속 이어지고 평범한 시민의 일상도 늘 전쟁 같던 옛 스페인에서 생긴 말이라고 합니다. 세계적인 작가 베르나르 베르베르도 『타나토노트』, 『천사의 제국』 등의 작품에서 고난을 헤쳐나가기 위한 신념의 주문으로 '사랑을 검으로, 유머를 방패로'를 제시합니다.

돌아보면 우리가 사는 세상은 늘 전쟁 같은 분위기입니다. 외부의 적이 우리를 위협하는 상황이 가까스로 진정되면 짧은 평화가 찾아오죠. 하지만 얼마 지나지 않아 우리 내부의 갈등과 어려움이 또 다른 전쟁 상황을 만들고 미디어는 혹시나 조용한 평화가 지속될까 봐 두렵다는 듯 숨 가쁘게 긴장을 고조시킵니다. 반대로, 심각한 문제가 있는 데도 이를 감추려는 '위장된 평화'를 강요하는 시기도 있습니다.

돈과 권력과 정보를 독점한 이들이 세상을 흔들고 뒤집어서 기어코 전쟁 같은 상황을 만드는 세상에서 우리 평범한 시민들에게 필요한 생존 무기가 바로 '사랑의 검과 유머의 방패' 아닐까요?

동료 시민에 대한 믿음과 공감을 지키고 넓히면서 커다란 '사랑의 검'으로 힘을 모아 거짓과 불의와 기만을 무찌르는 것이죠. 그리고 이제까지 그래 왔듯이, 길고 어려운 고통의 시간을 '유머의 방패'로 막아 서로를 지키며 함께 버티는 겁니다.

우리 인류가 꿈꾸는 이상향이 언제 올지, 오기는 할지 모르겠지만, 그 때까지 '사랑을 검으로, 유머를 방패로' 삼아 세상의 기만과 유혹, 협박에 지지 말고 함께 잘 버텨내길 기원하는 오늘의 표정이었습니다.

함께 들으실 노래는 SG워너비의 〈라라라〉입니다.

2021.3.11.

"공부 못해서 못 와놓고 꼬투리 하나 잡았다고 조리돌림 극혐" 한 국토지주택공사(LH) 직원으로 추정되는 이가 직장인 익명 앱에 서 쓴 막말입니다. 이 앱은 소속 직장의 공식 이메일 계정으로 인 증을 받아야만 글을 쓸 수 있으므로 이렇게 조롱한 사람은 LH 내 부자일 가능성이 큽니다. LH 측에서는 퇴직자 또는 아이디 도용 등의 가능성이 있다고 주장합니다. 하지만 이 글 만이 아니라 사 건 초기부터 'LH 직원은 왜 부동산 투자를 하면 안 되느냐?' 라는 상식에서 벗어난 글들이 지속적으로 올라왔고, 그동안 드러난 투 기 사례 및 불법 온라인 강의 등 돈벌이에 나선 사건, 심각한 부정 행위에 대한 미약한 징계 조치 등의 정황과 연결됩니다. 수사를 통해 확인되야겠지만 최소한 일부의 LH 직원들이 심각한 도덕적 해이, 공직 사유화 인식에 빠져 있음을 추정할 수 있습니다.

얼마 전에는 KBS 직원이 무보직 억대 연봉 문제를 지적하는 기사 에 대해 같은 직장인 앱에 "제발 밖에서 우리 직원들 욕하지 마시 고 능력 되시고 기회 되면 우리 사우님 되세요"라는 조롱성 글을 올린 데 대해 KBS가 공식 사과를 하기도 했습니다.

이런 괴물들이 우리 사회 곳곳에서 중요한 역할을 하고 있다고 생 각하면 아찔합니다. 경찰관, 검사, 판사들이 돈과 이해관계에 따 라 자의적인 법 집행을 하고 '아니꼬우면 너도 시험 쳐서 들어와'

라고 한다면, 교사와 교수들이 성적을 마음대로 조작하고 같은 이야기를 한다면······. 이런 사회라면 '공적 신뢰'가 무너지고 나라가 망할 수밖에 없겠죠.

시험 잘 보고, 기회를 잘 포착하는 극단적으로 이기적인 사람들. 인간 사회는 약육강식의 야생 정글과 다릅니다. 존중과 배려, 규범과 윤리가 힘과 능력보다 더 중요합니다.

사익보다 공익을 우선시해야 한다는 쉽고 분명한 원칙을 알지도 못하고 배우지도 못한 사람들이 우리 사회의 엘리트라는 현실에 화가 나는 오늘의 표정이었습니다.

함께 들으실 노래는 퀸의 〈We will Rock you〉입니다.

2021.3.12.

지난주 인천지방법원이 전 프로축구 선수 도화성에게 징역 1년 6
개월의 실형을 선고했습니다. 도화성은 촉망받던 고등학교 축구
선수에게 접근해 유럽 프로축구 선수가 되게 해주겠다면서 고등
학교를 자퇴하게 만든 후 총 7900만 원을 뜯어낸 사기행각을 벌
였습니다. 실제 프로축구 선수였던 도 씨를 믿고 2년여 간 크로아
티아, 세르비아, 필리핀, 일본 등을 오가며 희망 고문과 허송세월
에 시달려 온 학생 선수와 가족은 결국 경찰에 신고했고 기나긴
마음의 감옥에서 탈출하게 됩니다.

한창 성장할 인생의 황금기를 오롯이 빼앗긴 채, 축구선수로서의
꿈은 물론 고등학교 학력조차 박탈당한 피해자는 더는 부모님께
폐를 끼칠 수 없다면서 홀로 다른 지역으로 가서 공장 노동자로
일하고 있습니다.

문제는 도화성 같은 유소년 스포츠 사기꾼, 브로커가 무척 많고
피해자도 부지기수일 것이라는 현장의 목소리입니다. 매년 대학
및 고등학교 졸업 선수는 약 2만7천 명. 이 중에 3.8%인 100명 정
도만 K리그 드래프트에 선발됩니다. 96%에 해당하는 2만6천 여
명이 초등학교부터 고등학교까지 10여 년간 정규수업을 제대로
따라가지 못한 채 축구만 하며, 축구에 인생을 걸고 있는 현실입
니다. 축구만의 문제는 아니죠. 야구 등 인기 종목 혹은 올림픽 종

목 유소년 선수 대부분이 유사한 상황에 처해 있습니다.

국가대표, 프로 선수, 스타가 되면 크게 성공하지만 희박한 가능성에 모든 것을 걸어야 하는 어린 선수와 가족들. 고등학생이 되어 시시각각 조여 오는 것은 재능과 그동안의 노력에 비해 성공 가능성은 너무 낮은, 불안한 미래. 이러한 어린 선수와 가족들의 불안을 너무나 잘 알고 다가서는 검은 유혹의 손길. 몇천만 원만 투자하면 대학 특기생 입학, 프로 계약 혹은 해외 진출이 보장된다는, 너무도 믿고 싶은 말을 던지는 이가 전직 선수 혹은 지도자 등 믿을 만한 사람이라면 결코 뿌리치기 쉽지 않습니다.

어린 선수와 가족의 꿈과 재산을 빨아먹는 인간 거머리, 스포츠 사기 브로커에 대한 철저한 실태조사와 수사와 처벌이 필요합니다. 그리고 무엇보다 중요한 것은, 이런 사기 행각이 판칠 수밖에 없는 잘못된 구조와 문화, 관행을 개선하는 것입니다.

"인간의 도덕과 의무에 대해 내가 알고 있는 모든 것은 축구에서 배웠다"

세계적 지성 알베르 까뮈의 말이 묵직한 울림을 주는 오늘의 표정이었습니다.

함께 들으실 노래는 TAEK이 부르는 〈어딜 가든 나쁜 사람들은 있잖아요〉입니다.

2021.3.15.

우리나라의 많은 대학이 존폐 위기에 내몰렸습니다. 수강생이 없어 폐강되는 강좌가 수두룩하고, 등록금 수입이 줄어 대학 운영 자체가 어려워진 곳도 많습니다. 교수들이 고등학교를 찾아다니며 학생 모집을 하다가 잡상인처럼 출입금지 조치를 당하고, 지원만 하면 합격을 보장하고, 장학금, 현금 심지어 학원비를 지급하는 조건을 내걸어도 학생들이 오지 않는다고 합니다. 대학교육연구소가 지난해 지방대 교수와 직원들을 대상으로 한 설문에 따르면, '매우 위기' 혹은 '위기'라고 답한 응답자가 98.5%에 달했고 이유로는 '학생 모집 어려움'(34.9%)이 가장 많이 꼽혔습니다. 그리고 대학 관계자들과 교수들은 학령인구 감소, 인구와 자본의 수도권 집중, 극심한 취업난 등을 원인으로 꼽습니다. 하지만 이런 문제들은 정도의 차이는 있지만 대부분 국가의 공통 과제이고, 우리도 아주 오래전부터 입버릇처럼 이야기해 오던 현상입니다. 수없이 많은 다른 나라 대학들이 유사한 어려움에 처한 상황에서 '때문에'가 아니라 '불구하고'의 자세로 위기를 극복하고 발전을 거듭해 오고 있는 것과 대조됩니다. 지방 교외에 있는 세계 유수 명문대학들의 사례들도 잘 알려져 있습니다.

우리 교육계와 대학이 추구해 오던 해결책은 국가의 지원, 정치권의 공약과 정책에 대한 의존, 그리고 사탕발림 홍보와 순간의 유행을 좇는 학과와 강좌 개폐 등의 꼼수였습니다. 나라와 지역에 대학교가 없을 수 없으니 지원과 정책을 통해 어떻게든 살려줄 것이라는 막연한 기대와 안일한 태도를 보였던 것이 위기의 진짜 원인은 아닌지 각성할 때 아닐까요?

공무원 시험 사관학교, 취업 일등 대학, 지금도 학원과 경쟁하는 낯뜨거운 대학 광고를 연일 접합니다. 학문과 진리 탐구의 전당이라는 구호는 무색하고 학생들은 낮은 교육만족도에 비해 턱없이 비싼 등록금에 고개 젓습니다. 교수 채용 비리, 입시 비리, 자의적인 학점 부여 등 학사 비리, 횡령과 교비 유용 등 재단 비리, 총장 선출 등 학내 권력을 둘러싼 잡음 등 내부 문제 해결이 우선입니다. 가고 싶고 배울 것이 많은 대학, 소중한 인재를 잘 양성하는 믿을만한 교육기관이 되었을 때 우리 학생들은 물론, 세계의 유학생, 연구기금과 기부금이 몰려들 것입니다.

'하늘은 스스로 돕는 자를 돕는다' 는 격언을 떠올리는 오늘의 표정이었습니다.

함께 들으실 노래는 유미리가 부르는 〈젊음의 노트〉입니다.

2021.3.17.

가정형편이 어려운 형제에게 대가 없이 치킨을 내어준 사실이 알려지면서 이른바 돈쭐이 났던 박재휘 사장. 이틀 전 박재휘 사장은 후원 목적으로 들어온 돈에 사비를 보태 총 600만 원을 결식아동과 취약계층 지원금으로 기부했습니다. 그리고 이제는 후원 목적의 주문은 거부하고 따뜻한 마음만 받겠다면서 돈쭐을 거부하겠다고 선언했습니다. 자영업 위기 속에 본인도 어려운데 배고픈 서러움을 목격하고 온정을 베푼 박재휘 사장. 그리고 그런 그에게 '돈으로 혼쭐을 내겠다'며 기부성 주문을 하고 매장에 가서 돈 봉투를 두고 간 시민들.

하루가 멀다고 충격적인 뉴스가 쏟아지는 우리 사회, 욕심 많고 이기적인 사람들이 세상을 어둡게 하고 우리 마음을 무겁게 만들지만, 여전히 우리 주위에는 착하고 따뜻한 분들이 많이 계십니다.

나도 힘들지만 나보다 더 힘든 사람을 보면 외면하지 않고 내 것을 쪼개고 나눠 주는 인정. 그래야 속편히 잠들 수 있도록 진화된 것이 인간 아니겠습니까?

약 3만 년 전 지구 상엔 몸도 머리도 더 크고 힘이 세고 폭력적인 네안데르탈인과 작고 약하지만 서로 돕고 아끼는 사회성이 발달한 호모사피엔스가 공존하다가 네안데르탈인은 멸종하고 호모사

피엔스가 번성해 오늘날 우리 조상이 되었다고 합니다.

어쩌면 현대 사회에도 존중과 배려, 공감을 잘하는 사람들과 폭력과 지배, 가해를 잘하는 사람이 공존하고, 당장은 강하고 나쁜 이들이 이기는 것처럼 보이지만 결국 그들은 적응 실패와 멸종의 길을 걷게 될지도 모릅니다.

착한 것이 약하고 손해 보는 것이 아니라 오히려 진정 강하고 우월한 '인성 자산'이라는 생각에 마음이 뿌듯해지는 오늘의 표정이었습니다.

함께 들으실 노래는 럼블피쉬의 〈I GO〉입니다.

2021.3.18.

수억 년 전에 쓰러져 땅에 묻힌 통나무에 다양한 미네랄 광물이 스며들어 굳은 물질을 목화석, 'petrified rock'이라고 합니다. 세월이 흘러 지질학적 융기가 일어나 땅 위로 드러나게 된 목화석은 수정, 코발트, 철 등 여러 광물이 포함된 양에 따라 각기 다른 색으로 보석처럼 빛납니다. 누구든 발견하는 순간 가져가고 싶은 강한 유혹을 느끼게 되죠.

목화석으로 가득한 미국 애리조나 주 목화석 국립공원은 오래전부터 목화석 도둑 때문에 골머리를 앓았습니다. 그런데 정작 목화석 도둑들이 무서워하는 것은 무거운 벌금 혹은 징역형까지 받게 되는 형사 처벌이 아니라 놀랍게도 '목화석의 저주'라고 합니다.

목화석의 저주는 목화석을 가져간 사람에게 각종 사고와 질병 등 나쁜 일이 끊임없이 생긴다는 이야기입니다. 오래전 원주민들로부터 이어져 내려오고 있었던 것이죠. 동화와 소설, 드라마, 영화 등을 통해 반복해서 소개된 이 속설은 법적 처벌보다 더 효과적인 목화석 반환 수단이 됩니다. 미국 목화석 국립공원 측이 공개한 1,200통의 편지를 보면 목화석을 가져간 관광객이 본인 혹은 가족에 자꾸 나쁜 일이 생겨 죄책감을 느끼다가 견디지 못하고 반환한다는 내용이 대부분입니다.

공직자들 역시 마찬가지 아닐까요? 국토부, LH, 국회 혹은 지자체 등에서 일하며 알게 된 개발 등의 정보와 공직자로 일하며 생긴 관계와 영향력은 공적 자리에 있을 때 공익을 위해 활용한 뒤 미련 없이 그 자리에 두고 와야 할 목화석입니다. 물론 욕심나고, '남들도 다 하는데' 라는 합리화 방어기제가 작동하죠. 하지만 유혹을 이기지 못하고 사적으로 이용하면 죄책감으로 남고 삶에는 불운이 뒤따릅니다. 당장 본인에게는 아닐지라도 가족이나 후손에게 저주가 작동합니다.

오랜 공직생활을 한 저 역시 혹시라도 두고 왔어야 할 목화석이 없나 돌아보는 오늘의 표정이었습니다.

함께 들으실 노래는 김윤아가 부르는 〈Going Home〉입니다.

2021.3.19.

40년간 가슴을 짓누른 죄책감, 자신을 스스로 가둔 양심의 감옥. 그 무거운 압박에 평생 시달리던 끝에 고백과 참회를 택한 사람이 있습니다. 그제 광주를 찾은 전 7공수여단 부대원. 그는 1980년 5월 23일 광주 민주화 항쟁 당시 부모님 농사일을 도우러 가던 무고한 청년 두 명에게 총격을 가해 살해했습니다.

5.18 항쟁과 민간인 학살 사건 자체가 전두환 신군부와 그 후예들에 의해 철저히 왜곡되고 은폐되는 와중에 이 가해 군인 역시 죄를 덮고 감춘 채 적어도 겉으로는 정상적인 삶을 이어갈 수 있었습니다. 하지만 '양심의 감옥'에 갇혀 살아야만 했죠. 죄의 대가로 감옥에 갇혀 지내는 형벌은 수감 기간이라도 있지만, 양심의 감옥은 피해자의 용서를 받기 전까지는 시한도 석방도 없습니다.

결국, 그는 지난 40년간 갇혀 살던 양심의 감옥에서 벗어나겠다는 결심을 하고 피해 유가족이 있는 광주를 찾았습니다. 유가족은 가해자를 용서하고, 오히려 가해자를 위로했습니다. 그동안 얼마나 힘들었냐고, 이제는 건강하게 잘 살길 바란다고…….

5.18 계엄군이 자신의 행위를 직접 밝히고 유족을 찾아 용서를 구한 첫 사례입니다. 앞으로도 유족에겐 용서할 권리를 행사할 기회, 스스로에게는 양심의 감옥에서 석방될 기회를 얻는 '진실과

화해의 시간'이 이어지길 기원합니다.

고백과 사죄는 가해자의 의무, 용서는 오직 피해자에게만 주어지는 권리라는 사실이 새삼 의미 있게 다가오는 오늘의 표정이었습니다.

제가 오늘 고른 노래는 루시드폴의 〈레미제라블, Pt.2〉입니다.

2021.3.22.

매년 3월 21일은 인종차별에 대한 경각심을 높이기 위해 UN이 지정한 '세계 인종차별 철폐의 날'입니다. 1960년 3월 21일, 남아프리카공화국에서 인종 분리 정책 반대 집회 중에 사망한 민간인 69명을 기리기 위한 날이죠.

61년이 지난 지금은 어떤가요? 미국 애틀랜타에서는 21세 백인 청년이 아시아계 여성들이 일하는 마사지샵을 찾아 잔인한 총격을 가해 한국인 4명을 포함해 모두 8명이 사망하는 참사가 발생했습니다. 뉴욕과 샌프란시스코 등 거리 이곳저곳에서 백인 청년이 한국과 중국 등 아시아계 할머니 할아버지의 얼굴을 가격하고 침을 뱉고 밀어 넘어트리는 파렴치한 인종차별 범죄가 끊이지 않고 일어납니다. 코로나 19 팬데믹과 트럼프 시대를 거치면서 미국 내 아시아계 대상 인종차별 범죄는 폭증하고 있습니다. 이러한 범죄는 미국 사회와 정치권에 큰 파문을 일으키며 아시아계 인권 운동으로 번지고 있습니다.

일제 강점기에는 같은 아시아계인 일본으로부터 지독한 민족 차별을 당해야 했던 우리. 세계 어떤 민족 못지않게 차별 반대를 소리 높여 외치고 차별반대 실천에 앞장서야 할 우리는 어떤 상황인가요? 일부 외국인 노동자 합숙 작업장 등에서 코로나 19 집단 감염이 발생하자 여러 지자체에서 '외국인 노동자 코로나 19 의무 검사 행정명령'을 내렸습니다. 바로 주한 외국 대사들이 인종 차별 우려와 반대 입장을 표명했고 최영애 국가인권위원회 위원장도 외국인에 대한 부정적 인식과 차별을 야기할 수 있다는 반대 성명을 발표했습니다. 온라인에는 가난한 나라 출신들을 향한 혐오와 차별의 글들이 넘칩니다. 캄보디아 출신 노동자 속행 씨가 강추위 속에 난방도 안 되는 비닐하우스 숙소에서 병들어 사망하는 등 열악한 처우와 차별 범죄에 노출된 국내 체류 외국인도 많습니다.

인종이나 국적 외에도 직업이나 재산, 성별, 장애 및 성적 지향 등 다양한 이유로 소수자에 대한 차별이 이루어집니다. '우리와 다르다'면서 다수가 소수를 괴롭히고 따돌리고 비난하고 공격합니다. 미국에선 차별당하는 소수인 우리가 한국에서는 차별하는 다수가 되듯이, 차별은 상대적입니다. 지금 여기에서 다수라고 소수자를 차별하는 것이 얼마나 어리석고 파렴치한 것인지 우리는 잘 압니다. 과거 뼈저린 차별을 겪었고, 외국에서 지금도 차별을 당하고 있는 한국인, 우리 다수는 차별에 반대합니다. 2020년 차별에 대한 국민 인식조사에서 우리 국민 80% 이상은 차별금지법 제정에 찬성한다고 응답했습니다.

이제는 국회가 행동할 때입니다. 국민 다수가 원하고 동의하는 차별금지법, 일부 극단적인 강성 종교인과 집단이 반대한다는 이유로, 차별금지법 공동발의자 명단에 이름을 올리거나 찬성하면 공격당하고 후원금 끊기고 지역 내에서 여론이 안 좋아질 수 있다는 비겁하고 이기적인 걱정으로 차별금지법 제정을 방해하거나 회피하거나 외면하는 국회의원은 '인종차별 팬데믹' 감염확산의 공범이라고 할 수 있습니다. 사회문제 해결의 주역이 되어야 할 정치인이 오히려 사회문제 확산의 주범이 되지 않길 촉구하는 오늘의 표정이었습니다.

함께 들으실 노래는 BTS가 부르는 〈봄날〉입니다.

2021.3.23.

거짓말이 판치고 거짓말이 세상을 뒤흔들고 있습니다. 부산 해운
대에서 가족이 탄 작은 차 운전자 자녀들에게 "너희 아버지 거지
다. 평생 똥차나 타라"며 패륜적 막말을 퍼부었다는 비난을 받던
고급 외제 차 '맥라렌' 운전자. 처음에는 온라인 공간에 반박 글을
올리며 사실은 자신이 피해자이며 같이 큰소리로 말싸움한 것뿐인
데 잘못 알려져 억울하다는 주장을 했습니다. 하지만 경찰이 확보
한 CCTV 영상에서 자신의 위험한 보복운전 행위와 일방적인 욕설
장면이 확인되자 잘못을 인정하고 다시 사과글을 올렸죠. 구미 3세
어린이 사망사건 역시 DNA라는 과학적 증거 앞에서 거짓말하는
가족으로 인해 엄청난 국가와 사회의 역량이 소모되고 있습니다.
천문학적인 피해를 양산하고 있는 보이스 피싱 등 사기 범죄 역시
거짓말이 수단이자 방법입니다. 누군가의 거짓말이 언론 등을 통한
사회적 연쇄반응으로 이어져 엄청난 파급효과를 만들어 냅니다.

거짓말이 가장 흔하게 공개적으로 그리고 아무렇지도 않게 사용
되는 곳은 정치권인 듯합니다. 지금 이 시각에도 서울과 부산시장
보궐선거 과정에서 서로를 향한 부동산과 입시 비리, 사찰 의혹
등을 둘러싼 거짓말 공방에 빠져 있습니다. 한명숙 전 총리 뇌물
사건 재판 과정에서 거짓 증언이 조직적으로 이뤄졌다는 주장과
그 주장 자체가 사기 범죄자의 일방적인 거짓말이라는 주장이 맞
서 검찰과 정치, 그리고 사회를 뒤흔들고 있습니다. 과거 거짓말

로 대통령 선거판을 뒤흔들었던 진보 진영의 김대업과 드루킹, 보수진영의 BBK 음모론자들과 국정원 등 여론조작 범죄자들, 수지김 사건과 병풍 총풍 그리고 간첩 조작 등에 가담하거나 거짓말을 보탠 정치인 가운데 제대로 잘못을 인정하고 사과한 인사는 보이지 않습니다. 거짓말은 가장 쉽고 효과적인 문제 해결 수단인 반면에, 물적 증거 등을 통해 거짓임을 입증하는 과정은 힘들고 어렵고 많은 시간과 노력이 필요합니다. 거짓말로 순간의 위기를 넘어가는 게 유리하다고 믿는 정치꾼들이 건재하고, 오히려 승승장구하는 나라. 종교 지도자들마저 거짓말을 밥 먹듯 하는 사회. 부모가 자녀에게 거짓말이 생존기술이라고 가르치는 세상. 솔직하게 진실을 이야기하면 순진한 바보라고 놀리고 무시하는 문화는 지금 우리뿐 아니라 다음 세대에게 고통과 아픔을 물려줄 수밖에 없습니다. 거짓말하는 정치인은 결코 공적 자리에 다시는 나서지 못하게 해야하고, 사기, 위증 등 거짓말 범죄는 더 무겁게 처벌해야 합니다.

신뢰라는 사회 자산이 값비싼 천연자원보다 훨씬 더 중요하다는 생각이 강하게 드는 오늘의 표정이었습니다.

함께 들으실 노래는 티아라의 〈거짓말〉입니다.

2021.3.24.

작년 아카데미 시상식에서 우리 영화《기생충》이 전 세계의 주목
과 찬사를 받을 때 다큐멘터리 부문 후보에 올랐던 영화《사마에
게》. '사마'는 아랍어로 '하늘'을 뜻합니다. 10년 넘게 이어지고
있는 시리아 내전, 21세기 최악의 인도주의 참사로 불리는 전장
의 현장에서 임신한 엄마가 아기에게 붙여준 이름이죠. 영화 속에
서 감독이자 주인공인 엄마는 공군과 전투기, 폭격이 없는 하늘
아래에서 아기가 살 수 있길 소망하며 '사마'라는 이름을 정한 겁
니다.

영화《사마에게》에는 시리아 내전의 참상이 고스란히 담겼습니
다. 60만 명에 이르는 사망자, 500만 명이 넘는 난민과 760만 명
에 달하는 국내 피난민, 특히 만 명이 넘는 어린이 사상자가 발생
하고 수천 명의 소년병이 동원되는 참극의 생생한 현장이 영화 속
에서 매일 매일의 일상으로 그려집니다. 충격과 슬픔과 분노를 금
할 수 없는 시리아 내전의 참상, 하지만 먼 남의 나라 일만은 아니
죠. 3년 넘게 지속된 한국전쟁 역시 이에 못지않은 파멸의 참상을
남겼고, 그 후유증은 냉전과 지상 유일 분단국의 비극으로 남아
있습니다.

권력자들은 도대체 얼마나 크고 대단한 영화를 보겠다고 전 국민
을 전쟁의 참화로 몰아넣고 외국 군대까지 끌어들여 자기 땅에 폭

탄을 퍼붓는지……. 영화를 보는 내내 그들의 어리석음에 마음이 답답했습니다. 그런데 그 어리석음은 시리아 권력자에게만 국한되지는 않는 듯합니다. 미얀마, 태국, 중국, 북한, 미국, 그리고 지금 우리나라의 위정자들. 국회와 재보궐 선거 과정에서 나온 상대방을 향한 정치인들의 말이 모두 사실이라면 모든 공직 후보자와 유력 정치인들은 세상에서 가장 추악한 범죄자들입니다. 그런 위험하고 나쁜 사람들이 권력을 장악하려 한다니 전쟁을 해서라도 막아야겠죠. 그 위기감에 강성 지지자들은 사용 가능한 가장 강한 표현과 방법을 다 동원해서 거리와 온라인에서 공격을 퍼붓습니다.

연못에 사는 물고기 두 마리가 서로 싸우면 패자가 먼저 죽지만 그 살이 썩어 물도 썩고 승자도 결국 죽고 만다는 너무도 분명한 사실을 다시 한 번 생각해 보는 오늘의 표정이었습니다.

함께 들으실 노래는 나훈아의 〈테스형〉입니다.

2021.3.25.

고려 말 조선왕조 건설을 주도했던 삼봉 정도전은 농사짓는 사람이 농지를 소유해야 한다는 '경자유전' 원칙을 천명했죠. 한국의 문호 박경리 선생의 대작 『토지』는 일제강점기 다양한 삶의 모습을 통해 땅을 중심으로 살아온 우리 민족의 한(恨)과 생명 존중 사상을 슬프고도 아름답게 그려내고 있습니다.

저는 어린 시절 가난 때문에 월세방을 이리저리 옮겨 다닌 경험이 있습니다. 어디 저뿐이겠습니까? 수많은 사람이 집 없는 설움을 겪었고 겪고 있으시겠지요. 갑자기 월세를 올려 달라거나, 짧은 말미를 주고 집을 비워달라거나 수시로 불쑥불쑥 쳐들어와 청소와 생활 방식 등에 대해 지나친 간섭과 잔소리를 하는 등 인격을 무시하는 집주인을 만나 한이 서린 분들도 많습니다. 남의 땅에서 농사짓는 분들도 마찬가지고요.

그동안 임대차보호법, 농지법 등 땅이나 집에 관한 법과 제도가 개선되긴 했지만, 여전히 집 없는 설움, 남의 땅 부치는 억울함에 대한 불안은 크고 강합니다. 이러한 서민들의 불안을 이용해서 돈 있는 사람과 개발 정보를 아는 사람들이 집과 땅을 산 뒤 가격이 크게 오르면 다시 팔아 시세 차익을 챙기는 부동산 투기는 망국병이라고 할 수 있습니다. 우리 역사와 사회 문화의 특성을 생각하면, 그저 개인이 땅이라는 상품에 투자해서 돈을 버는 경제활동이라고 할 수 없습니다.

1970년대 논과 밭 혹은 버려진 황무지였던 서울 강남 지역에 신도시 개발 계획을 만들고 추진했던 박정희 정권 실세들과 그들로부터 정보를 입수한 이들이 최대한의 자금을 끌어들여 땅을 집중 구입해 벼락부자가 된 이래 한국 사회는 천민자본주의의 극단을 향해 치닫고 있습니다. 부정부패 척결, 정의사회 구현을 외치며 독재와 폭압을 휘두른 전두환과 그 부하들 대부분이 땅 부자가 된 아이러니에는 국민 대다수가 현기증을 느껴야 했습니다.

그리고 이들에 반대하며 토지 공개념을 외치면서 부동산 보유세와 거래세, 공시가격 인상을 추진해 온 진보 진영 현 여권 일부 인사들마저 다주택, 땅 투기로 재산 증식을 시도한 정황이 드러나 민심은 분노하고 있습니다. LH 사태는 이미 민심에 뿌려진 기름에 불을 붙인 것으로 보입니다. 이때다 하며 현 정권을 공격하는 보수 야권은 이미 오랜 기간 부동산 투기를 주도하거나 방치해 온 책임을 아직 채 벗지 못한 상태입니다. 시민은, 서민은 도대체 누구를 믿어야 할까요?

통영과 하동, 원주에 마련된 박경리 토지문학관을 다시 찾고 싶은 오늘의 표정이었습니다.

함께 들으실 노래는 장기하와 얼굴들 〈아무것도 없잖어〉입니다.

2021.3.26.

어제 뉴스하이킥 '지구대 X파일' 코너에서 광진경찰서 화양지구
대장이 소개해 드린 고시텔 총무의 선행이 종일 가슴에 남습니다.
겨우 한 몸 누울 수 있는 좁은 공간에서 최소의 비용으로 주거문
제를 해결하는 서민의 거처인 고시텔 관리인으로 일하는 65세 손
씨. 그 고시텔에서 가족과 떨어져 혼자 지내는 70대 노인이 초기
치매로 의심되는 기억 상실 증상을 종종 보였습니다. 간혹 외출했
다가 길을 잃고 헤매거나 물건이나 방 위치를 헷갈리기도 해서 노
인의 안위를 걱정하던 손 총무는 매일 가족처럼 살폈다고 합니다.

그런데 최근에 이 노인이 외출했다가 하루가 넘게 고시텔로 돌아
오지 않자 손 총무는 경찰에 실종신고를 했습니다. 경찰에서는 거
리를 배회하던 노인을 발견해서 주소와 연락처 등을 물었으나 답
을 하지 못해 보호 중이었고요. 경찰의 연락을 받고 한걸음에 달
려온 손 총무는 마치 오래 헤어졌던 가족을 만난 듯 노인을 안고
눈물을 흘렸다고 합니다. 선행을 알리고 싶다는 경찰관에게 자기
이름은 밝히지 말라며 손 총무는 손사래를 쳤다고 합니다.

가족끼리 속이고 상처 주고 이용하는 사건이 하루가 멀다고 발생
하는 요즘, 생면부지의 치매 노인을 가족보다 더 정성스럽게 보살
피는 고시텔 총무의 얘기는 직업윤리와 사명감의 모범사례라고
생각합니다.

국회의원, 고위 공직자, LH 등 공공기관 종사자들이 고시텔 손 총무의 책임의식과 도덕심을 배우고 본받아 닮아갈 수만 있다면 우리 사회는 훨씬 더 공정하고 신뢰가 넘치는, 살 만한 곳이 되지 않을까요?

오늘의 표정이었습니다.

함께 들으실 노래는 빌 위더스의 〈Lean On Me〉입니다.

아뇨, 난 절대 후회하지 않아요

세상에 완벽한 사람이 있을까요? 완벽한 하루, 완벽한 삶은요? 글쎄요, 전 없다고 단언합니다. 누구나 실수하고, 잘못을 저지릅니다. 예상하지 못한 문제가 발생하고, 의도하지 않은 결과가 만들어지기도 하죠. 한 인간의 힘으로 도저히 어쩔 수 없는 세상의 흐름이나 사건에 휘말리거나 희생양이 되기도 합니다.

어쩌면 완벽하게 시작한 여러분의 오늘 하루 중에도 감당해야 했을 수많은 선택과 결정이 있었고, 그 중엔 부족하고 아쉬운 결과가 있었을 것입니다. 저도 마찬가지고요. 저는 지나고 나서 후회하지 않기로 했습니다. 나중에 후회하지 않도록 최선을 다한 후, 설사 결과가 나쁘거나 실수하거나, 창피하고 부끄러운 상황에 놓이게 된다 해도, 후회하기보다는 실수나 실패를 인정하고 필요한 책임을 지기로 마음먹었습니다. 그리고 나 자신에게는 주어진 여건과 상황에서 최선을 다했지만 결과가 나빴다는 위로를 해 주기로 했습니다. 지나간 일에 대해 후회하는 것보다 고단했던 하루를 위로하며 마음을 다잡는 것이 내일의 나에게 더 큰 힘을 보태주겠지요.《뉴스하이킥》, 그리고 '오늘의 표정'이 여러분과 제게 따뜻한 위로의 시간이 될 수 있으면 좋겠습니다.

무책임한 부모로 인해 태어날 때부터 고난과 시련의 연속이었던 프랑스 가수 에디트 피아프. 그의 대표곡 〈아뇨, 전혀 후회하지 않아요Non, je ne regrette rien〉을 들으면서 '오늘의 표정' 마지막 장을 덮습니다.

당신의 멋진 인생, 행복한 삶을 기원합니다.

오늘의 표정

펴낸날   2021년 7월 15일 초판 1쇄

지은이   표창원
편집   이승아, 표민경
일러스트   김태균

펴낸곳   신사와전사
출판등록   2017년 10월 10일 제2017-000077호
주소   경기도 용인시 기흥구 죽전로17 풍산프라자 801호 H165
전화   031-284-4505
팩스   0504-848-4505
이메일   mwbooks@daum.net
페이스북   http://facebook.com/mwbookconcern

ISBN 979-11-962487-4-1